Las aventuras de la China Iron

Las aventuras de la China Iron

GABRIELA CABEZÓN CÁMARA

LITERATURA RANDOM HOUSE

Primera edición: septiembre de 2019
Segunda reimpresión: julio de 2020

Printed in Spain – Impreso en España

ISBN: 978-84-397-3626-4
Depósito legal: B-15.164-2019

Impreso en Ulzama Digital, S. L.

RH 3 6 2 6 A

Penguin
Random House
Grupo Editorial

Para Karina Chowanczak
y Lola Cabezón García

Para Natalia Brizuela

Primera parte

EL DESIERTO

Fue el brillo

Fue el brillo. El cachorro saltaba luminoso entre las patas polvorientas y ajadas de los pocos que quedaban por allá: la miseria alienta la grieta, la talla; va arañando lenta, a la intemperie, la piel de sus nacidos; la hace cuero seco, la cuartea, les impone una morfología a sus criaturas. Al cachorro todavía no, irradiaba alegría de estar vivo, una luz no alcanzada por la triste opacidad de una pobreza que era, estoy convencida, más falta de ideas que de ninguna otra cosa.

Hambre no teníamos, pero todo era gris y polvoroso, tan turbio era todo que cuando vi al cachorro supe lo que quería para mí: algo radiante. No era la primera vez que veía uno, incluso había parido a mis criaturas, y no es que no destellara nunca la llanura. Refulgía con el agua, revivía aunque se ahogara, toda ella perdía la chatura, corcoveaba de granos, tolderías, indios dados vuelta, cautivas desatadas y caballos que nadaban con sus gauchos en el lomo, mientras cerca los dorados les brincaban veloces como rayos y caían para lo hondo, para el centro del cauce desbordado. Y en cada fragmento de ese río que se comía las orillas se espejaba algo de cielo y no parecía cierto ver todo eso, cómo el mundo entero era arrastrado a un vértigo barroso que caía lentamente y girando sus cientos de leguas rumbo al mar.

Primero luchaban hombres, perros, caballos y terneros huyéndole a lo que asfixia, a lo que chupa, a lo fuerte del agua que nos mata. Unas horas después ya no había guerra, era larga y era ancha la manada, cimarrón como el río mismo ese ganado ya perdido, arrastrado más que arriado, dando vueltas carnero los carneros y todo lo demás; las patas para arriba, para adelante, para abajo, para atrás, como trompos con eje horizontal; avanzaban veloces y apretados, entraban vivos y salían kilogramos de carne putrefacta. Era un cauce de vacas en veloz caída horizontal: así caen los ríos en mi tierra, con una velocidad que a la vez es un ahondarse, y así vuelvo al polvo que todo lo opacaba del principio y al fulgor del cachorro que vi como si nunca hubiera visto otro y como si no hubiera visto nunca las vacas nadadoras, ni sus cueros relumbrantes, ni toda la llanura echando luz como una piedra mojada al sol del mediodía.

Lo vi al perro y desde entonces no hice más que buscar ese brillo para mí. Para empezar, me quedé con el cachorro. Le puse Estreya y así se sigue llamando y eso que yo misma cambié de nombre. Me llamo China, Josephine Star Iron y Tararira ahora. De entonces conservo sólo, y traducido, el Fierro, que ni siquiera era mío, y el Star, que elegí cuando elegí a Estreya. Llamar, no me llamaba: nací huérfana, ¿es eso posible?, como si me hubieran dado a luz los pastitos de flores violetas que suavizaban la ferocidad de esa pampa, pensaba yo cuando escuchaba el "como si te hubieran parido los yuyos" que decía la que me crió, una negra enviudada más luego por el filo del cuchillo de la bestia de Fierro, mi marido, que quizás no veía de borracho y lo mató por negro nomás, porque podía, o quizás, y me gusta pensar esto aun de ese que era él, lo mató para enviudarla a la Negra que me maltrató media infancia como si yo hubiera sido su negra.

Fui su negra: la negra de una Negra media infancia y después, que fue muy pronto, fui entregada al gaucho cantor en sagrado matrimonio. Yo creo que el Negro me perdió en un truco con caña en la tapera que llamaban pulpería, y el cantor me quería ya, y de tan niña que me vio, quiso contar con el permiso divino, un sacramento para tirarse encima mío con la bendición de Dios. Me pesó Fierro, antes de cumplir 14 ya le había dado dos hijos. Cuando se lo llevaron, y se llevaron a casi todos los hombres de ese pobre caserío que no tenía ni iglesia, me quedé tan sola como habré estado de recién parida, sola de una soledad animal porque sólo entre las fieras pueden salvar ciertas distancias en la pampa: una bebé rubia no caía así nomás en manos de una negra.

Cuando se llevaron a la bestia de Fierro como a todos los otros, se llevaron también al gringo de "Inca la perra", como cantó después el gracioso, y se quedó en el pueblo aquella colorada, Elizabeth, sabría su nombre luego y para siempre, en el intento de recuperar a su marido. No le pasaba lo que a mí. Jamás pensé en ir tras Fierro y mucho menos arriando a sus dos hijos. Me sentí libre, sentí cómo cedía lo que me ataba y le dejé las criaturas al matrimonio de peones viejos que había quedado en la estancia. Les mentí, les dije que iba a rescatarlo. El padre volvería o no, no me importaba entonces: tenía catorce años más o menos y había tenido la delicadeza de dejarlos con viejos buenos que los llamaban por sus nombres, mucho más de lo que yo nunca había tenido.

La falta de ideas me tenía atada, la ignorancia. No sabía que podía andar suelta, no lo supe hasta que lo estuve y se me respetó casi como a una viuda, como si hubiera muerto en una gesta heroica Fierro, hasta el capataz me dio su pésame esos días, los últimos de mi vida como china, los que pasé fingiendo un dolor que era tanta felicidad que corría leguas desde el caserío hasta llegar a una orilla del río marrón, me desnudaba y gritaba de alegría chapoteando en el barro con Estreya. Debería haberlo sospechado, pero fue mucho después que supe que la lista de gauchos que se llevó la leva la había hecho el capataz y se la había mandado al estanciero, que se la había mandado al juez. El cobarde de Fierro mi marido, charlatán como pocos, de eso nunca cantó nada.

Yo, de haber sabido, les hubiera hecho llegar mi agradecimiento. No hubo tiempo. Por el color nomás, porque había visto poco blanco y albergaba la esperanza de que fuera mi pariente, me le subí a la carreta a Elizabeth. Le pasaría algo parecido a ella también porque me dejó acercarme, a mí, que tenía menos modales que una mula, menos modales que el cachorro que me acompañaba. Me miró con desconfianza y me alcanzó una taza con un líquido caliente y me dijo "tea", como asumiendo que no conocería la palabra y teniendo razón. "Tea", me dijo, y eso que en español suena a ocasión de recibir, "a ti", "para ti", en inglés es una ceremonia cotidiana y eso me dio con la primera palabra en esa lengua que tal vez había sido mi lengua madre y es lo que tomo hoy mientras el mundo parece amenazado por lo negro y lo violento, por el ruido furioso de lo que no es más que una tormenta de tantas que sacuden este río.

La carreta

Es difícil saber qué se recuerda, si lo que fue vivido o el relato que se hizo y se rehizo y se pulió como una gema a lo largo de los años, quiero decir lo que resplandece pero está muerto como muerta está una piedra. Si no fuera por los sueños, por esas pesadillas donde soy otra vez una niña sucia y sin zapatos, dueña sólo de dos trapos y un perrito como un cielo, si no fuera por el golpe que siento acá en el pecho, por eso que me angosta la garganta las pocas veces que voy a la ciudad y veo a una criatura flaca, despeinada y casi ausente, si no fuera por, en fin, los sueños y los estremecimientos de este cuerpo, no sabría si es verdad lo que les cuento.

Quién sabe qué intemperie hizo reflejo en Elizabeth. Tal vez la soledad. Tenía dos misiones por delante: rescatar al Gringo y hacerse cargo de la estancia que debía administrar. Le iba a venir bien que la tradujeran, contar con lenguaraz en la carreta. Algo de eso hubo aunque creo que hubo más. Yo recuerdo su mirada de ese día: vi la luz en esos ojos, me abrió la puerta al mundo. Ella tenía las riendas en la mano, se iba sin saber bien para dónde en ese carro que tenía adentro cama y sábanas y tazas y tetera y cubiertos y enaguas y tantas cosas que yo no conocía. Me paré y la miré desde abajo con la confianza con que Estreya me miraba cada tanto cuando caminábamos juntos a lo largo de los campos o del campo; cómo saber de esa planicie toda igual cuándo usar el plural y el singular, se dirimió un poco después: se empezó a contar cuando el alambre y los patrones. Entonces no, la estancia del patrón era todo un universo sin patrón, caminábamos por el campo y a veces nos mirábamos mi perrito y yo y en él había esa confianza de los animales, encontraba Estreya en mí una certeza, un hogar, algo que le confirmaba que lo suyo no sería la intemperie. Así la miré yo a Liz, como un cachorro, con la certeza loca de que si me devolvía afirmativa la mirada ya no habría nada que temer. Hubo un sí en esa mujer de pelo rojo, esa mujer tan transparente que se le veía pasar la sangre por las venas cuando algo la alegraba o la enojaba. Después vería su sangre congelada por el miedo, burbujeando de deseo o haciéndole hervir la cara de odio.

Nos subimos con Estreya, nos hizo un lugar en el pescante. Estaba amaneciendo, la claridad se filtraba por las nubes, garuaba, y cuando empezaron a moverse los bueyes tuvimos un instante que fue pálido y dorado y destellaron las mínimas gotas de agua que se agitaban con la brisa y fueron verdes como nunca los yuyos de aquel campo y se largó a llover fuerte y todo fulguró, incluso el gris oscuro de las nubes; era el comienzo de otra vida, un augurio esplendoroso era. Bañadas así, en esa entraña luminosa, partimos. Ella dijo "England". Y por ese tiempo para mí esa luz se llamó light y fue Inglaterra.

Los cimientos en el polvo

Fuimos lamidas por esa luz dorada nuestras primeras horas juntas. Una very good sign, dijo y entendí, no sé cómo le entendía casi todo casi siempre, y le contesté sí, ha de ser de buen augurio, Colorada, y cada una repitió la frase de la otra hasta decirla bien, éramos un coro en lenguas distintas, iguales y diferentes como lo que decíamos, lo mismo y sin embargo incomprensible hasta el momento de decirlo juntas; un diálogo de loros era el nuestro, repetíamos lo que decía la otra hasta que de las palabras no quedaba más que el ruido, good sign, buen augurio, good augurio, buen sign, güen saingurio, güen saingurio, güen saingurio, terminábamos riéndonos, y entonces lo que decíamos se parecía a un canto que quién sabe hasta dónde llegaría: la pampa es también un mundo hecho para que viaje el sonido en todas direcciones; no hay mucho más que silencio. El viento, el chillido de algún chimango y los insectos cuando andan muy cerca de la cara o, casi todas las noches menos las más crudas del invierno, los grillos.

Partimos los tres. No sentí que dejara nada atrás, apenas el polvo que levantaba la carreta que era, esa mañana, muy poco; avanzábamos despacio sobre una vieja rastrillada, uno de esos caminos que habían hecho los indios cuando iban y venían libremente, hasta dejar la tierra tan firme que seguía apisonada todos esos años después, no sabía cuántos, sí que eran más que los que llevaba vividos.

En poco tiempo el sol dejó de ser dorado, dejó de lamernos y se nos clavó en la piel. Todavía las cosas hacían sombra casi todo el tiempo pero ya empezaba a quemar el sol del mediodía, era septiembre y el suelo se rompía con el verde tierno de los tallos nuevos. Ella se puso un sombrero y me puso uno a mí y fue entonces que conocí la vida al aire libre sin ampollas. Y empezó a volar el polvo: el viento nos traía el que levantaba la carreta y todo el de la tierra alrededor, nos iba cubriendo la cara, los vestidos, los animales, la carreta entera. Mantenerla cerrada, preservar su interior aislado del polvo, lo comprendí enseguida, era lo que más le importaba a mi amiga y fue uno de mis mayores desafíos durante la travesía entera. Días perdimos plumereando cada cosa, era necesario disputarle cada objeto al polvo: Liz vivía con el temor de ser tragada por esa tierra salvaje. Tenía miedo de que nos devorara a todos, de que termináramos siendo parte de ella como Jonás fue parte de la ballena. Supe que la ballena era parecida a un pez. Algo así como un dorado pero gris, cabezón y del tamaño de una caravana de carretas y también capaz de llevar cosas en su interior, transportaba un profeta esa ballena de Dios y surcaba el mar así como nosotras surcábamos la tierra. Ella cantaba un canto grave de agua y viento, bailaba, daba saltos y echaba vapor por un agujero que tenía en la cabeza. Me empecé a sentir ballena moviéndome tan suelta en el pescante entre tierra y cielo: nadaba.

El primer precio de tanta felicidad fue el polvo. Yo, que había vivido entera adentro del polvo, que había sido poco más que una de las tantas formas que tomaba el polvo allá, que había sido contenida por esa atmósfera —es también cielo la tierra de la pampa—, comencé a sentirlo, a notarlo, a odiarlo cuando me hacía rechinar los dientes, cuando se me pegaba al sudor, cuando me pesaba en el sombrero. Una guerra le declaramos aun sabiendo que esa guerra la perdemos siempre: tenemos los cimientos en el polvo.

Pero la nuestra era una guerra de día a día, no de eternidades.

La China no es un nombre

Apenas nos cruzamos con un río con orilla, paró la gringa bueyes y caballos y carreta y nos sonrió a los dos. Estreya le daba vueltas alrededor ondeandosé de la cola a la cabeza, el amor y la alegría le brotan en bailecitos a mi perro. Nos sonrió Elizabeth, se metió adentro de la carreta, yo todavía esperaba su permiso para entrar, no me lo dio, salió inmediatamente con un cepillo y un jabón, y sonriendo y con gestos cariñosos, me sacó a mí mis trapos, se sacó los de ella, lo agarró a Estreya y a los dos nos metió en el río, que no era tan marrón como el único que yo había visto hasta ese día. Se bañó ella misma, esa piel tan pálida y pecosa que tiene, el pubis naranja, los pezones rosas, parecía una garza, un fantasma hecho de carne. Me pasó el jabón por la cabeza, me ardieron los ojos, me reí, nos reímos mucho, yo bañé del mismo modo a Estreya y ya limpios nos quedamos chapoteando. Liz salió antes, me envolvió con una tela blanca, me peinó, me puso una enagüita y un vestido y al final apareció con un espejo y ahí me vi. Yo nunca me había visto más que en el agua medio quieta de la laguna, un reflejo atravesado de peces y de juncos y cangrejos. Me vi y parecía ella, una señora, little lady, dijo Liz, y yo empecé a portarme como una, y aunque nunca monté de costadito y muy pronto estaría usando las bombachas que el Gringo había dejado en la carreta, ese día me hice lady para siempre, aun galopando en pelo como un indio y degollando una vaca a facón puro.

La cuestión de los nombres fue resuelta también esa tarde de bautismos. "Yo Elizabeth", dijo ella muchas veces y en algún momento lo aprendí, Elizabeth, Liz, Eli, Elizabeta, Elisa, "Liz", me cortó Liz, y así quedamos. "¿Y nombre vos?", me preguntó en ese español tan pobrecito que tenía entonces. "La China", contesté; "that's not a name", me dijo Liz. "China", me emperré y tenía razón, así me llamaba a puro grito aquella Negra a quien luego mi bestia enviudaría y así me llamaba él cuando solía, cantó luego, irse "en brazos del amor a dormir como la gente". Y también cuando quería la comida o las bombachas o que le cebara un mate o lo que fuera. Yo era la China. Liz me dijo que ahí donde yo vivía toda hembra era una china pero además tenía un nombre. Yo no. No entendí en ese momento su emoción, por qué se le mojaron los ojitos celestes casi blancos, me dijo eso podemos arreglarlo, en qué lengua me lo habrá dicho, cómo fue que la entendí, y empezó a caminar alrededor con Estreya saltándole a los pies, dio otra vuelta y volvió a mirarme a la cara: "¿Vos querrías llamarte Josefina?". Me gustó: la China Josefina desafina, la China Josefina no cocina, la China Josefina es china fina, la China Josefina arremolina. La China Josefina estaba bien. China Josephine Iron, me nombró, decidiendo que, a falta de otro, bien estaría que usara el nombre de la bestia mi marido; yo dije que quería llevar más bien el nombre de Estreya, China Josephine Star

Iron entonces; me dio un beso en la mejilla, la abracé, emprendí el complejo desafío de hacer el fuego y el asado sin quemar ni ensuciar mi vestidito y lo logré. Esa noche dormí adentro en la carreta. Era un rancho mejor que mi tapera, tenía whisky, ropero, jamones, galletas, biblioteca, bacon, unas lámparas de alcohol, me fue enseñando Liz el nombre de cada cosa. Y lo mejor, lo mejor a juicio de muchacha solitaria, dos escopetas y tres cajones repletos de cartuchos.

Me abracé a Estreya, que se había recostado con Liz, me sumergí en el olor a flores de los dos, tan recién bañados todos, me envolví en esas sábanas que olían a lavanda, eso lo sabría mucho después, entonces pensé que el perfume era algo tan propio del género como la textura que me albergó esa noche y todas las de lo que sería, a grandes rasgos y haciendo una división un poco extrema, el resto de mi vida. Sentí el aliento de Liz, picante y suave ahí entre las sábanas perfumadas y quise quedarme ahí, hundirme en ese aliento. No supe cómo. Me dormí en paz, feliz, contenida por perfumes, algodones, perro, pelirroja y escopeta.

Todo era otra piel sobre mi piel

Mi Estreya, lleno de destellos, casi azul de tan negro, dejaba de ser nuevo y aprendía casi tanto como yo. Crecíamos juntos: cuando partimos, él me llegaba a las rodillas y yo le llegaba a Liz a los hombros. Cuando llegamos, y no sabíamos que estábamos llegando, él me alcanzaba la cintura y a mí no me faltaba mucho para ser tan alta como ella. Lo recuerdo cachorro, en posición de gentleman, sentado derechito con las orejas bajas, los ojos concentrados, el hocico húmedo, todavía hoy es candoroso cuando se sienta confiado en el resultado de sus buenos modales. Yo vivía con un candor semejante aunque empezaba a conocer un miedo nuevo: si antes había vivido temiendo que la vida fuera eso, la Negra, Fierro, el rancho, entonces temía se acabara ese viaje, esa carreta, el olor de la lavanda, la forma de las primeras letras, la vajilla de porcelana, los zapatos con cordones y tacones y todas las palabras en dos lenguas. Tenía miedo de que apareciera la ira en la cara de Liz o algo más fantasmal agazapado atrás de un médano, empezaban a aparecer los médanos, o entre las raíces de un ombú o entre los bichos que rompían el silencio en la oscuridad; los bichos de la pampa son noctámbulos, emergen de sus túneles y cuevas cuando la oscuridad sube. Miedo de que algo me devolviera a la tapera y a la vida de china tenía.

Había pasado de lo crudo a lo cocido: el cuero de mis botines nuevos era tan cuero como el cuero de la silla de montar que tenía Fierro pero no era el mismo cuero. El de los zapatos que Liz me regaló era bordeaux, era lustrado, era fino y se ajustaba a mis pies como otra piel. No sólo fueron los shoes y su leather: fueron las sábanas y el cotton, mi enagüita de silk que era de China, la verdadera China con chinas de verdad, los pullovers, la wool: todo era otra piel sobre mi piel. Todo era suave y era cálido y me acariciaba y sentía una felicidad a cada paso, cada mañana cuando me ponía la enagüita y arriba el vestido y el pullover, me sentía por fin completa ahí en el mundo como si hasta entonces hubiera vivido desnuda, más que eso, desollada. Recién entonces sentí el golpe. Los golpes del dolor de la vida a la intemperie, antes de estar arropada en esos géneros. Lo sentí como un amor loco por mis vestidos, por mi perro, por mi amiga, un amor que vivía con tanta felicidad como miedo, miedo de que se rompieran, de perderlos, un amor que me expandía y me hacía reír hasta que me cortaba el aliento y también me contraía el corazón y se volvía una solicitud extrema hacia el cachorro y la mujer y los vestidos, un amor con vigilia de escopeta. Era tan feliz como infeliz y eso era más que lo que nunca había sentido.

Wool usé mucha porque partimos a principios de la primavera y todavía hacía frío y no creo haber contado todavía que íbamos Tierra Adentro, al desierto.

Bajo el imperio de Inglaterra

Un amanecer bajo la lluvia fui albergada yo por mi primer raincoat: "For us the British there's appropriate etiquette for every situation", empezó a explicarme Liz la etiqueta, los climas y sus montañas, sus desiertos, sus selvas; los detalles de las vestimentas del Imperio me armaron el mundo que, cómo podía ser, no era plano. Hasta entonces no había pensado en eso, mi mapamundi eran apenas la llanura y algunas ideas difusas: Tierra Adentro, Buenos Aires, un abismo lleno de agua y Europa, con su punta española y sus islas británicas, ese más allá desde donde llegaban armas y señores. Se me hizo la pelota y el relato de Liz, a medias en castellano, a medias en inglés, me la empezó a poblar de vacas sagradas, saris suaves, curry picante de la India, África y sus negros pintados de colores, sus elefantes de colmillos largos como arbustos, sus huevos enormes de avestruz, ese primo mayor de los ñandúes, los pantanos de arroz en toda China, sus pagodas de techos enrulados, los sombreritos de paja como platos de punta al cielo. Algo de todo eso entendí aquellos días de travesía, mucho lo entendí después, durante todo este tiempo que pasamos juntas; me costaba conciliar la idea de que estábamos en la parte de abajo de una esfera y parecíamos estar arriba, pero no, Liz estaba segura de que arriba estaba Inglaterra, sin embargo no había más que constatar que los pies estaban en el piso igual que en cualquier parte, como en el país de los pigmeos, los gorilas y los diamantes, esas piedras durísimas y transparentes que se les arrancan a las entrañas de las rocas. Ella insistía en que arriba estaba Inglaterra, esa otra tierra de máquinas que se movían solas a fuerza de leña como si el movimiento fuera un asado, como si los trozos de madera ardientes fueran caballos. O bueyes, como los nuestros, los cuatro bueyes buenos que tiraban mansamente de la carreta que me envolvía como me habían envuelto la enagua de silk y el impermeable engrasado con una cera que no era más que grasa de vaca al fin y al cabo, pero antes de cualquier fin había sido filtrada muchas veces en coladores de sándalo y olía como una flor embriagadora, como una flor de láudano quiero decir, como una droga, como seguramente olería ese opio que era como una caña mucho más fuerte que la caña, me explicó, y en el que se perdían tantos en el norte del África ardiente, donde los hombres llevan por sombrero unos metros de tela enrollados en la cabeza y las mujeres viven tapadas de la coronilla a los pies. Me envolvía el raincoat también con su olor asiático y nos envolvía la carreta, tan engrasada como el raincoat y con el mismo olor. No sólo a mí, a Estreya, que viajaba sentadito en la falda de Liz al principio, mientras yo llevaba las riendas, y a la misma Liz también: parecíamos segregarnos unos hilos con vocación de cáscara, de caparazón, que se entretejían como una especie de casa que en vez de hacerse de tela o de paja o de adobe o de cuero de cangrejo, se iba haciendo de lazos que se tejían con palabras y con gestos. Del relato de Liz y de mis cuidados por cada una de las cosas que teníamos emergía un lugar. El nuestro, esa carreta que avanzaba sin declives ni subidas, esa llanura vacía que empezaba a ser tan chata como es para los que han visto montañas y colinas. La pampa enorme se me allanaba más con cada cuento de su Londres atestada y cubierta de humo; el desierto se me llenaba de horizonte contra las selvas africanas; los yuyos duros, los yuyos suaves y los pequeños arbustos se me achaparraban contra los bosques de Europa; estos ríos sin orillas contra los de su Inglaterra bordeados de casas de ladrillos rojos, ay, tan distintos de los nuestros bordeados de barro y sin más alrededor que juncos y gallaretas y garzas y flamencos, los favoritos de Liz, que ama los colores fuertes en la pampa por lo menos. Decía que allá todo parecía resolverse entre diversos tonos de marrón, el celeste interminable, pálido y transparente, salvo cuando el polvo y varios verdes que sólo muestran todo su esplendor cuando llueve y es verano y hay trigo y está verde como casi sólo el trigo puede, además de los campos de Inglaterra, creíamos.

Los demás colores, sólo en el cielo cuando amanece o atardece y en los flamencos todo el día. Llovía, otra vez, y la luz se reflejaba en lo vivo, casi todo, y lo muerto, apenas algún que otro hueso de vaca a esa altura, y se bañaba de cobre la tierra y nos iba creciendo un cascarón que nos calentaba a los tres juntos con las palabras de Liz, la lengua tan rosa de Estreya y mi arrobamiento de estar ahí presente, tranquila como un animal recién alimentado y al sol.

Tranquila aunque con perplejidades: la tierra redonda como una bola y nosotros abajo. Tal vez por eso arriba, allá en el Norte donde estaba la piedra que todo lo atraía, arriba de Inglaterra, porque algo había arriba de Inglaterra, arriba de todo, me explicó Liz, en lo que sería el sombrero del planeta si fuera el planeta una cabeza, una cabeza sin cuello, ¿una cabeza cortada?, no, no, una cabeza redonda sin cuerpo, just a head, ¿entendía yo? Entendía poco; cabezas solas no había visto ninguna. No, claro, era sólo un ejemplo. Un ejemplo era, me explicó, algo que se mostraba para aclarar una idea. Cabezas solas no existen, insistí, ¿ejemplo de qué podría ser algo que no existe? De cosas que no existen, tenés razón, dijo, y volvió al planeta y esta vez el ejemplo fue una mandarina y ahí pude empezar a pensarlo mejor: tiene claramente un arriba, la parte del tallo, la que pende del árbol, y una parte de abajo. ¿Y de qué árbol colgaba la tierra? De ninguno, la mandarina tampoco servía demasiado. Como fuera, empecé a pensar que en la parte superior del planeta, y no sólo en Inglaterra, las cosas crecían más fácilmente para arriba. Tenía colinas y montañas y estaba llena de árboles altos como muchos hombres uno arriba de otro. ¿Cómo cuántos? Hasta diez o quince los más altos. ¿No se parecían a los ombúes? Un poco, sí, pero allá son más largos que anchos, como estirados, el ombú en cambio es aplastado, como si hubiera más gravedad en la parte de abajo del planeta y todo se viera forzado al achaparramiento o a la vida subterránea. Gravedad era eso que hace que las cosas se caigan para abajo. ¿Y cómo no nos aplastaba a nosotras, Estreya, la carreta, los bueyes, las mulas, las vacas, los caballos?

Esa noche, Liz hizo un guiso con un tatú que cacé y faené y ella cocinó en el mismo caparazón del pobre bicho. Le puso cosas que empecé a conocer; una mezcla de cebollas, ajo y jengibre con clavos de olor, canela, cardamomo, chiles, granos de pimienta, comino y semillas de mostaza. Se hizo el guiso ahí dentro y con Estreya conocimos el picante porque no sólo eran la mente y la piel: la lengua también nos crecía bajo el imperio de Inglaterra.

Mezclados los dragones con mi pampa

Mientras la tierra me crecía hasta hacerse globo, otro mundo se consolidó en la carreta. Éramos una trinidad con Liz y Estreya, el centro de un rectángulo con un vértice de avanzada en los bueyes, otro en el techo, otro en el buche de atrás y el suelo como línea de sostén o de adherencia.

"Sólo aquí una carreta puede tener la perspectiva de un pájaro", observó Liz y yo me enteré de lo que era una perspectiva y noté que sí, que los pocos animales que se alzan del piso en la llanura —algunas liebres, algunos cuises, algunos tatús, los flamencos de las lagunas, las garzas, algún puma si lográbamos ver uno— están siempre al acecho y son veloces pero se espantan con casi nada, la fauna, en fin, de la chatura, parecía pegarse al piso, no se alza como lo hacen las jirafas, unos animales de mirada simpática y cuello de metros que comían de las copas de los árboles, ni se extendían como los elefantes, gigantes y con unas trompas que usaban como mano. Desde la altura el mundo se veía distinto como distinto se veía desde el suelo y desde atrás de una rueda de carreta en movimiento y desde lo alto de las más altas ramas de un ombú. Probé todas las perspectivas en esos días de descubrimiento: caminé en cuatro patas mirando lo que miraba Estreya, el pasto, las alimañas que se arrastraban por la superficie de la tierra, las ubres de las vacas, las manos de Liz, su cara, los platos con comida y toda cosa que se moviera. Apoyé mi cabeza en las cabezas de los bueyes y me puse las manos al costado de los ojos y vi lo que ellos, sólo lo que quedaba justo adelante, la rastrillada y el horizonte incierto de su esfuerzo. También me paré en mis propias manos: primero aparecían los pies y las rodillas y las ruedas y las patas y después lo que venía arriba. Y empecé a percatarme de las otras perspectivas; no era lo mismo el mundo desde los ojos de la reina, rica, poderosa, dueña de las vidas de millones de personas, harta de joyas y comidas en sus palacios que solían estar en lugares desde los cuales se dominaba todo lo que se movía alrededor, que el punto de vista de, por ejemplo, un gaucho en su tapera con sus cueros y sus fogatas de bosta. Para una, el mundo era una esfera llena de riquezas que eran suyas y debía mandar extraer de todas partes; para el otro, un plano a galopar buscando vacas, degollando enemigos antes de ser degollado o huyendo de levas y batallas. Empecé a cocinar algunas noches para que Liz dibujara lo que yo no lograba imaginar con precisión a través de sus descripciones: tuve amores. Amé al tigre, un puma gigante, naranja y rayado, al hipopótamo, un animal de boca enorme y dientes cuadrados como de niño, una especie de carreta de cuero duro con cuatro patas gordas y cortitas, un bicho que gusta de vivir dentro de ríos, y las cebras, esos caballos africanos a rayas. Pero la pasión me la despertó el dragón, esa bestia hermosa hecha de bestias horribles: ojos de langosta, cuernos de cebú, morro de buey, nariz de perro, bigotes de bagre, melena de ñandú, cola de víbora, escamas de pez, garras de chimango gigante y poderosos gargajos de fuego que me gustaba imaginar volando sobre nuestras cabezas y nuestro techo como un ángel guardián: sepan que una carreta puede ser una casa protegida por un dragón. A Liz le gustaba cautivarme, necesitaba mi mirada deslumbrada, mi risa, la felicidad que me causaban sus relatos y sus dibujos exquisitos, esos dibujos de hermosa precisión, comprendí cuando me vi dibujada casi igual a como me había visto, y me veía cada mañana desde entonces en el espejo, pero hecha de líneas, sin colores. Me contó la historia del dragón una noche, mientras yo asaba unas tarariras que había pescado un rato antes. De cómo habían nacido los primeros cuatro en el mar de China y jugaban a volar y nadar y echar fuego todo el tiempo, de cómo un día se conmovieron por el hambre de los hombres, de cómo volaron a ver al Emperador del Cielo que estaba en su palacio de jade escuchando una orquesta de hadas y los atendió furioso por la interrupción y prometió llover, de cómo no llovió, de cómo los cuatro dragones decidieron tomar agua para escupirla sobre la tierra, de cómo se enojó el emperador, de cómo los sepultó bajo cantidades de piedra tan enormes como todo lo que veíamos hasta el horizonte, de cómo los dragones lloraron y lloraron hasta licuarse y hacerse los cuatro ríos de China que se llaman el Largo, el Amarillo, el Perla y el Negro porque así se llamaban los dragones.

Dormí como una nena una vez que Liz me hubo explicado qué era el jade, qué las hadas, qué un emperador, qué el fuego que salía de las entrañas de esos buenos animales hechos agua. Dejé descansar a la escopeta, mezclados los dragones con mi pampa, preguntándome si no sería de ellos el resplandor de la tierra cuando el río desbordado.

A merced de los caranchos

Nos llevó pocos días de carreta, polvo y cuentos ser familia. Enredados en los lazos del amor que nos nacía, nos reíamos conjurando la amenaza de quedar a la intemperie, de ser vencidos, de caer al suelo ya sin fuerzas para más que estar caídos, pegados a la tierra y a merced de los caranchos, de ser reducidos a eso que también somos, una estructura ósea, mineral, como las piedras. Tramándonos estábamos y tardamos en notar que esa casi nada que cruzábamos se iba pareciendo a un cementerio abandonado; lo surcábamos contentos, como si estuviéramos atravesando el paraíso, aunque tal vez aquí la yerro, tal vez no se atraviesa el paraíso, ahí se ha de estar nomás, ¿adónde podría uno querer viajar desde ese puerto?

Habían pasado ya días de más o menos línea recta sin hallar ni una vaca, ni un indio, ni un cristiano ni un caballo; semanas de días planos como si no hubiera más en el mundo que los yuyos, alguna que otra mulita, los caranchos, de cuando en cuando una liebre encandilada por nuestros fogones nocturnos, que Estreya corría y a veces alcanzaba. Eso y la tierra perlada de osamentas cuando el viento o el agua. El polvo era piadoso, tapaba todo y también los esqueletos que había en el camino; poco a poco los cubría y terminaban siendo tímidos relieves, túmulos imperceptibles, poco más que hormigueros grandes, bulliendo también de vida, la de los gusanos que le nacen a la carne muerta.

Hasta que volvía a llover y otra vez a nuestros pies se abría un cementerio lleno de guerreros: los distinguíamos porque estaban fundidos con sus armas y con sus animales, como si fueran fósiles de centauros los heroicos esqueletos de los pampas, dijo Liz. Yo no sabía qué era un centauro pero menos que los indios pudieran ser héroes, creo que fue con ese cuento y con esa discusión que llegamos a la tercera semana de viaje. Descansamos, y volvimos a bañarnos en un río ya casi cristalino sin más que un par de garzas como toda compañía. Tampoco sabía yo qué era un desierto aunque me daba cuenta de que tanto vacío no podía ser naturaleza en esa pampa; no sabía que un desierto era justamente eso, un territorio sin población, sin árboles, sin pájaros, casi sin más vida que la nuestra durante el día, creía que era el nombre del lugar donde vivían los indios nomás. Como fuera, aquel se tornaba cada día más perturbador; empezamos a tener pesadillas por las noches y a veces también durante el día. Contra esas pesadillas empecé a escribir. Liz me enseñaba las letras y me encomendaba una oración todas las noches. Todavía tengo algunas. "Please, Lord, envíanos un friend. Y save us de los guadales".

Y si no alcanzaba la fe de la oración para dormirnos, con Liz nos tomábamos el whisky, esa savia de la vida de Inglaterra, agua de su agua y sobre todo, me explicó ella, tierra de su tierra, la que hacía de la cebada esa delicia. La metían, a la cebada, en agua hirviendo y la dejaban hasta que echaba brotes. Ahí la secaban usando un humo que hacían con palos de árboles, con leña, pero también con turba, una tierra hecha de plantas que todavía no se hicieron del todo tierra. Podríamos hacerlo. Sí: sólo teníamos que conseguir cebada, barriles de roble y alambiques, unos embudos con tubitos largos de fierro. Lo malo es el tiempo de espera: doce años tarda el whisky en hacerse en los barriles. Me gustaba a mí el whisky y me gustaba también que me gustara: quería ser inglesa yo.

Me hundí en la bosta absorta como estaba

De eso le conté yo a mi nueva amiga, la primera, la Colorada del segundo principio de mi vida, del único que quiero saber, del otro no recuerdo y si alguna vez recuerdo vuelvo a olvidarlo merced al whisky, a mis lenguas nuevas, al río, a las voces de mi casa, a mi perro, la lluvia y las abejas. A ese pasado se lo tragó el agua y bien se lo podría haber tragado un guadal: yo había escuchado hablar de las carretas, los ejércitos, las mulas, las ciudades de piedra, el oro y la plata, los galeones repletos de españoles armados de arcabuces, había escuchado hablar de tantas cosas que el barro se tragara. Por eso andaban los indios tan livianos y no osaban poner sobre la tierra más que carpas y no usaban por muebles más que, creía yo, pieles de carneros y corderos. Había, pues, que seguir la rastrillada, segura estaba Liz de que su estancia estaría para el lado de la indiada. Tenía también en su carreta, la nuestra ya a esa altura, una compass y un gran mapa plegado sobre sí, dibujados los continentes, los mares, los ríos, marrones las montañas y verdes las llanuras como la mía. Sin un solo camino para el lado que era el nuestro. Para eso estaba la compass, para saber dónde está el Norte, esa tierra de hielo, el sombrero del planeta, que atraía, como los imanes, unos metales que atraían a los otros tanto que se les pegaban; un poco después aprendí a decirle brújula, en ese tiempo que se nos extendió en el desierto. Como el pueblo de Israel, decía mi Liz, pero Dios en vez de llovernos con maná nos ponía cuises y tatúes entre las patas cada tanto, brotaban del suelo menos por milagro que por el humo que les metía en las madrigueras, para mandarlos, previo palazo, poor things, sin mirarlos a esos ojitos tan parecidos a los nuestros, derecho al asador. De la tierra venían, tal vez porque al Sur, pensaba yo, tan recién enterada de la esfericidad de nuestro mundo, Jehová nos manda el alimento desde abajo en vez de hacerlo caer vía milagro y gravedad desde los cielos. Bien pensado, es más milagroso el nuestro, que los alimentos salten de la tierra, rompan con la gravedad para ofrecérsenos. Hay que decir, para ser justas, que no se nos ofrecían. Pataleaban, chillaban y mordían los bichitos, nunca se entregaban ni se resignaban.

Yo sentía que había vivido afuera de todo, afuera del mundo que cabía entero en la carreta con Estreya y con Liz y ya se estaba haciendo naturaleza. Aprendí lo que era la brújula como aprendí a ponerme una enagua o a ordenar las letras, como se aprende a nadar diría, la vida nueva era eso: me sentía arrojada al agua. Algo de navegación tenía nuestra travesía tras la estela de los indios, que era la misma que seguían los fortines. Oscar, el Gringo, estaría en uno de esos. Fierro también, pero yo me iba a quedar costara lo que costara en el mundo de la brújula, que era el de él, el marido de Liz quiero decir, que había sido un marinero. Y Liz un poco también. Yo empezaba esquivando los guadales como quien esquiva rocas en el mar, siguiéndole las rutas a la indiada. Aprendimos a saber si estaban cerca leyendo la bosta de sus bestias. Hasta ese día siempre la encontrábamos seca y entonces pasó lo que queríamos y temíamos: pisé con mis botines victorianos un montón de bosta húmeda, me hundí en la bosta absorta como estaba.

Vivía absorta, inmersa en un ensueño, medio ausente cuando no estaba charlando con Liz o jugando con Estreya. Toda mi vida hasta entonces había sido algo parecido a una ausencia. No era mía esa vida, tal vez esa era la causa de la lejanía en que moraba, tal vez no, no sé. Esa humedad y ese olor me despertaron. Estaban cerca. O se les habían escapado un par de bestias. No sabíamos. Me metí en la carreta. Me saqué el vestidito, las enaguas y me puse las bombachas y camisas del inglés, me puse su pañuelo atado al cuello, le pedí a Liz que agarrara las tijeras y me dejara el pelo al ras, cayó la trenza al suelo y fui un muchacho joven, good boy me dijo ella, acercó mi cara a la suya con las manos y me besó en la boca. Me sorprendió, no entendí, no sabía que se podía y se me había revelado como una naturaleza, ¿por qué no iba a poderse? No se hacía, nomás, allá en el caserío, las mujeres no se besaban entre ellas aunque las vacas, me acordé, se montaban a veces las unas a las otras; me gustó, me entró la lengua de Liz tan imperiosa, esa saliva picante y florida de curry y té y perfume de lavanda, hubiera querido más yo pero ella me apartó cuando la agarré fuerte de los pelos y le hundí mi lengua entre los dientes.

No estaba segura de que fuera ese beso una costumbre inglesa o un pecado internacional. No me importó, Liz me quería, no había duda, y si la había no pude detenerme: ahí me empezó una vida de vigilia, siempre arriba de mi caballo y cerca de Estreya, que cambió también, se puso alerta, se hizo perro guardián en un momento veloz, el mismo que había hecho de mí un mozo escopetado. Estalló la tormenta y corrí a pasar el resto de la vigilia en la cama de Liz.

La luz mala es luz de hueso

Llovió y barrió el agua con la piedad del polvo: todo fue barro y huesos emergentes. Huesos blancos, nacarados, iridiscentes como una luz mala, la luz mala es luz de hueso, de resto mortal, de osamenta, una bad sign dijo Liz y no pude más que estar de acuerdo. Eran huesos de hombres y mujeres esos palos blancos que los rayos teñían de celeste fulgurante. Algunos ya pelados y brillantes como si una legión de artesanos los hubiera limpiado y lustrado. Otros no, se descomponían lentamente como pequeñas elevaciones purulentas del terreno. Savages. Había que enterrarlos, era de animales dejar a los muertos yaciendo sobre el pasto, objetó mi inglesa. Tenía razón, es de salvajes no enterrar a los muertos, dejarlos de comida de chimangos. Salvajes mi gente y mi pampa nauseabunda abonada de indio y de cristiano.

Vos me curás, señora, tenquiu

Pasó la lluvia y pasaron dos o tres días de horizonte liso y nosotras entre dos fuerzas, el miedo de que nos vieran y las ganas de encontrarnos con otros. Hasta que allá, en ese fondo sin fondo del horizonte, se alzó la tierra como se alzan las olas en una tempestad. No nos sacudió pero tiré fuerte de las riendas y la inercia casi hace vomitar a la carreta esa media Inglaterra que llevábamos. La contuvieron nuestros cuerpos, nos golpeó; no sentimos el impacto en el estupor que nos provocó ese panorama de pampa en erupción: se salió de sí la tierra, subió al cielo en volutas que terminaron unidas, avanzó hacia la carreta y nos cegó. Estábamos tan quietos los tres con nuestros bueyes y caballos que en los breves instantes que siguieron nos devoró como una masa de polvo agujereada por el sonido extraño de los gritos de los pocos pájaros que hay en la pampa, y los ladridos de Estreya, que le hacía frente a la nube marrón desde abajo de las patas de los bueyes helados. Como si los pájaros fueran rayos y las vacas truenos, sonó luego el ruido grave de las pisadas de una manada. Temblamos, todo tembló, y lo que nos había cubierto empezó a caer y nos volvió a tapar otra vez y así hasta que el ruido se hizo ensordecedor y paró de repente: no hubo más pisadas ni ladridos ni graznidos. No escuchábamos nada, no veíamos nada; nos tragó la tierra. Estábamos quietas como la mujer de Lot, pero a esa altura del sudor éramos de barro. Sentíamos el olor a bosta y la respiración agitada de algo que pareció el mundo hasta que el polvo terminó de caer. Nos rodeaban unas mil vacas cimarronas, marrones como casi cada cosa en ese momento, que movían sus pestañas largas y sus colas con algo que no sabíamos si era miedo o amor. Nos cercaban las vacas y los toros, tranquilos ya como si hubieran llegado a casa, como si hubieran encontrado amparo alrededor de nuestra carreta, como si el mero hecho de contener algo, nosotras, Estreya, los bueyes, mi caballito y la carreta, las contuviera a ellas. Nada se movía, apenas el polvo que caía con la lentitud de una atmósfera, y así estuvimos, en la lenta revelación de los lomos pardos de los animales y de la tierra que iba destiñendo el aire mientras caía.

En algún momento se rompió la quietud: la manada se abrió como un mar marrón y dejó pasar a un hombre a caballo que llevaba un corderito en la montura. Dijo que buenas y santas, que qué bueno encontrarse con gentes, que él iba para Tierra Adentro buscando dónde establecerse con su ganado, qué adónde íbamos nosotros, Liz le contestó que también Tierra Adentro y él empezó a reírse y le vimos una cara buena, aniñada, parecía un guachito el hombre que teníamos enfrente pero no, el guacho, por lo menos entonces, no era él; nos explicó, mientras lo acariciaba, que el corderito estaba con él porque había muerto su mamá. Parecía feliz de encontrarse con una inglesa y un chico rubio en el medio de la nada, no paró de hablar y de intentar hacer hablar a Liz para reírse a cada palabra que decía. Tuvo que explicarle Inglaterra, el océano, el barco a vapor, las ganas de cruzar el mundo, ¿y para qué?, para lo mismo que vos, le dijo Liz, para encontrar un lugar donde vivir con mi ganado, ¿y dónde lo tenés vos, señora?, los ojos encantados del gaucho cuando Liz le explicó que parte de sus vacas iban a venir, como ella había venido, en barco, ¿y para qué, si acá tenemos?, para mejorar la raza, claro, porque las vacas inglesas eran mejores como casi todo lo inglés, pero esto último no lo dijo Liz, que tuvo que empezar a explicar por qué era mejor el ganado de su Escocia. Y Escocia también tuvo que explicar, pero no lograría nunca que no le digan inglesa. Rosario, así se llamaba, empezó a aburrirse de tanta explicación, creo yo, porque la cortó a Liz diciéndole que tenía ganas de hacer un asado, que si queríamos. Queríamos, Liz siempre quería asado, así que le contestó que sí, que teníamos wood y habría que sacarles leche a las vacas, me miró, Jo, would you do it?

Y fui y ordeñé a una de las cimarronas, que se dejó hacer casi con alivio. De vacas yo sabía bastante, aunque nunca me había detenido especialmente en sus caras. Nos miramos con la cimarrona, subía y bajaba las pestañas en un gesto que yo entendía como de agradecimiento, como si le pesara la leche y la miré más y le vi en esos ojos redondos, sin aristas, en esos ojos buenos de vaca, un abismo, un agujero negro hecho de ganas de pasto, de camino, hasta de campos de girasoles creo que le vi ganas en la pupila y también la intención de lamer a su ternero. Y se puso a lamerlo nomás y yo bajé la vista y volví a ordeñarla y le puse nombre, Curry le puse, y cuando terminé se le prendieron el ternero y Estreya, que poca leche había tenido en la vida y se dio el gustazo hasta que se cansó y se tiró para arriba, las patitas dobladas, la cola refregando el piso de felicidad.

El gaucho, Rosario, volvió a presentarse mientras iba armando la fogata y preparando el asador, se interrumpió, agarró una tripa medio seca, todavía elástica, la llenó con la leche que le di y amamantó al cordero, que se quedó dormido a sus pies, al lado del fuego.

—Se llama Braulio. Es un macho.

Eso saltaba a la vista. Lo que lo tendría confundido a Rosario sería yo, con mi ropa de varón y mi cara imberbe. Y el "Jo" de Liz. No le aclaré nada, lo ayudé a juntar la madera para el fuego y acaricié al cordero mientras Estreya lo olía extrañado. Me había enternecido el gaucho amamantando al guachito. Cuando acomodó todas las ramas, se paró, sacó el facón, agarró a un ternero, le pegó fuerte con una piedra en la cabeza, lo dejó tonto, y lo degolló. El llanto de la vaca nos puso a todos melancólicos. Rosario me conmovió otra vez: después de desollar al ternero se acercó a la vaca, la acarició, le pidió perdón, le dio de comer en la boca unos pastos que traía. La vaca siguió llorando y caminando, cabeceaba a otros terneros. Buscaba al suyo, que estaba ya clavado sobre el fuego. Pensé en los míos, mis cachorros, pero apenas, no podía entonces detenerme ni llorar ni permitir que nada me llevara otra vez a la vida en la tapera: me estaba yendo yo.

Y nos fuimos ya cuatro con Rosario y Estreya y mi Liz, como empecé a decirle por entonces. El gaucho siguió con sus asados y sus tripas de leche y sus guachitos: además del Braulio, adoptó en pocos días una liebre, un cuis y un potrillito. Caminaba Rosario y todos caminaban detrás de él como si él fuera una pata y los bichos sus patitos. Por las noches, antes de extender su poncho cuando llegaba con la sobriedad suficiente o de caerse en cualquier parte cuando no, nos fue contando pedazos de la vida que le habíamos intuido viéndolo hacer: un padre muerto demasiado pronto, la madre sola, siete hermanos, el padrastro feroz como un puma entre gallinas, un puntazo como punto de partida y Rosario cosidito a los diez años yéndose a buscar otra vida menos cruel y entonces, ya con canas en las cejas y rengueando, seguía el pobre buscando quien lo amparara en esa nada: lo amparamos. Se quedó con nosotras, nos cuidó, lo cuidamos, se rió de mi ropa de varón pero entendió, dijo que a él le parecía bien que me vistiera de varón, que era como llevar un facón, que toda mujer debía llevar uno así como todo hombre lo lleva, supimos que hablaba de su madre y que la hubiera preferido barbuda si con eso se quedaba para siempre viuda y él con ella y no esa bestia; otra caña y Rosario pedía más inglés para reírse y Elisa, Elizabeth, le cantaba sus canciones o le contaba cuentos y él se divertía como "si dos monos bailaran minués cabeza abajo". Se despertaba hosco, sick, decía Liz, de hangover, y entonces le ponía whisky al mate y Rosario renacía y le daba las gracias del mismo modo cada día: "Vos me curás, señora, tenquiu".

A fuerza de fuerza

Seguía con sus cuentos de Inglaterra Liz. Cuando iba a Londres, el cielo tenía el color del plomo y del humo de las locomotoras y las fábricas y una humedad ácida la lluvia, que casi no cesaba nunca allá, respiraba un aire gris y mojado, con un extraño tinte naranja, un aire que casi se veía de tan pesado y opaco y que sin embargo relumbraba, apenas dejaba la ciudad, en el pasto interminable de esos prados que sólo se rinden ante el abismo de los acantilados golpeados por el mar. La tierra se acaba así allá, de repente, como si la hubieran separado a hachazos a Inglaterra del resto del mundo, como si la hubieran condenado a tajazos a una insularidad que sus habitantes, we, the British, darling, intentan quebrar a fuerza de fuerza, de hacerse centro, de organizar el mundo en torno de sí, de ser el motor, el mercado, la matriz de todas las naciones. Desde acá, desde esta isla tan lejana de esa otra que se yergue sostenida en sus fierros, sus vapores, en las máquinas que inventa para dominar el globo con una producción cada vez más veloz, esa isla donde lo metálico reina con una cabeza tan determinada como los rieles que plantó la corona en todas partes para que los frutos del trabajo de los hombres migraran de los campos, las montañas y las selvas a los puertos, a los barcos, a su propio puerto, a esta boca de Cronos que todo se lo come, que transforma cada cosa en combustible de su propia velocidad: desde los pelos cálidos del cuero de una vaca hasta las facetas gélidas de los diamantes, desde el elástico caucho hasta el carbón que se parte con un roce. No está en los ejércitos ni en los bancos el poder de Inglaterra: our strength is made of velocidad, tiempo que adelanta, que quema, procesos más breves, barcos más rápidos, balas a repetición, clearings de apenas días, en fin, el de los ferrocarriles que parten la tierra hacia todos los puertos cargados de manufacturas imperiales y vuelven con las ganancias y los frutos de cada país.

Todo era posible todavía en ese tiempo lento de la pampa, en las charlas alrededor de los asados de Rosario, la risa franca que le generaba el inglés, "¿cómo le decís vos a eso, señora?", le preguntaba a Liz y las carcajadas le explotaban y hacían volar a los pájaros que se alimentaban en los lomos de sus vacas silvestres cada vez que ella contestaba "cow" o "sky" o "horse" o "fire" o "Indians". Más divertido con el roer de las costillas, el asado lo sirvió con caña el gaucho, y empezó a hablarles a sus caballos a la hora del postre. Que lo lamentaba, les decía, que no podían irse de viaje con Liz porque en el país de ella las carretas se movían solas, "con palos se mueven las ruedas de allá, ustedes no van a tener trabajo, tienen que quedarse conmigo, están jodidos, con la gringa no se van a poder ir a ningún lado", y los acariciaba. Nosotras también nos reíamos y Estreya comía de su mano y terminó sentado en su regazo como si fuera más cachorro de lo que era. Liz lo mandó a dormir y él hizo lo que cualquier gaucho: sacó el poncho y el cuero de oveja de su montura y se tiró al lado de los animales. Estreya se le había enamorado y durmieron los tres con el Braulio a la luz de los astros.

Nosotras nos metimos, solas, en el aire tibio y amarillento de la carreta. Liz apagó las velas, me sacó la ropa del Gringo, me desnudó, me pasó una esponja mojada, me secó, me puso una enagüita y me abrazó y se durmió, como si no hubiera notado mi piel toda erizada ni olido las ganas que goteaba, que pendieron de la punta de los pelos de mi pubis hasta que se me derramaron lentas y pesadas por los muslos.

Eso también se come y se bebe con scones

El desierto parecía ser un marco, una planicie amarronada, igual para donde se mirara, un plano en el que se apoyaba el cielo como si no hubiera más en el mundo. Podría decir que estar ahí, en el pescante de la carreta o montando mi caballo, era vivir una vida parecida a la de las aves, algo así como volar: todo el cuerpo metido en el aire. No parece justo, casi no hay aves allá en la pampa y las que hay vuelan bajo o no vuelan. Están los flamencos haciéndole nubes de un rosa estridente a la línea del horizonte. Están los ñandúes, que corren más rápido que los caballos con sus patas férreas y elásticas rozando el suelo y levantando polvareda, unen pampa y cielo los ñandúes. Y, como pasa en el mar, donde se sabe que hay tierra cerca porque se empieza a ver pájaros en el aire, pasa allá en el desierto con el agua y con las gentes: también se amontonan las aves sobre los pueblos y las tolderías. Estar en la pampa era, entonces, como planear en un escenario que no parecía tener más aventuras que las propias. Las del cielo y las nuestras, quiero decir. Sobre la línea parda del horizonte se enrollan y se desenrollan el sol y el aire. En los días despejados se descomponen en un prisma temporal, quebrados en rojos, violetas, naranjas y amarillos al amanecer y bajo esos rayos, que a la tierra llegan dorados, el poco verde del suelo toma un relieve tierno y brillante y toda cosa que se yerga, una sombra larga y suave. Después el sol lo aplasta todo hasta que otra vez el prisma. Y la noche, violeta oscura, del verano hablo, y ametrallada de estrellas. Tuve las plantas de los pies y la sombra en el suelo y todo el resto del cuerpo en el cielo durante ese tiempo. Como siempre y en todas partes, se me podría decir. Pero no, allá en la llanura que era mía, la vida es una vida aérea. A veces celestial, incluso; lejos de la tapera que había sido mi casa, el mundo se me hacía paraíso. No recuerdo haber experimentado antes esa inmersión en las vicisitudes de la luz. La sentía en mí, creía que yo misma era poco más que una masa inquieta de destellos. Y es muy posible que estuviera en lo cierto.

Poca sombra me cubría más que la aromada de la carreta, ese único espacio que parecía más parte de la tierra que del cielo aunque estuviera a sus buenos pies del suelo: el hogar siempre nos parece pegado a la tierra, aun cuando sea un barco. O una carreta. Y esa fue mi primera isla, la que me nació mientras viajábamos, un rectángulo de madera y lona que manteníamos oscuro para conservar la frescura y ahuyentar las moscas que parecían salir de la nada misma y reproducirse sin más ayuda que la del aire. Claro que había cadáveres y que le agregábamos huesos al mundo cada vez que sacrificábamos a alguna de los cientos de vacas que nos seguían. Matamos pocas: son animales grandes y una vez carneadas las conservábamos haciendo un charqui que Liz había transformado en algo maravilloso. Sumergía los filetes primero en sal, y luego, y por mucho más tiempo, en curry y miel. Cuando le parecía que estaban listos, los ponía un rato al fuego: crujían en la boca, se deshacían salados y dulces y al final picantes en la lengua y bajaban ardiendo hasta el estómago. En la estancia ni eso hacíamos, una vaca entera matábamos para comer lo que fuera necesario y el resto, a los caranchos. Fierro decía que los caranchos también tenían que comer y yo me inclino a pensar que en eso tenía razón, aunque no tomaba en cuenta la altísima producción de cadáveres que teníamos: no sólo vacas, indios y gauchos alimentaron a varias generaciones de aves de rapiña. Vuelvo a mi vida aérea y a mi hogar bamboleante en la carreta, que conservábamos, ya lo dije, oscura y fresca y llena de aromas, como un almacén de la Compañía de Indias. El de las hebras del té, marrones casi negras, arrancaba en las montañas verdes de la India y viajaba hasta Inglaterra sin perder la humedad ni el perfume astringente que le nació a la lágrima que Buda echó por los males del mundo, males que viajan también en el té: tomamos montaña verde y lluvia y tomamos también lo que la reina toma, tomamos reina y tomamos trabajo y tomamos la espalda rota del que se agacha a cortar las hojas y la del que las carga. Gracias a los motores a vapor ya no tomamos los latigazos en las espaldas de los remeros. Pero sí la asfixia de los mineros del carbón. Y así es porque es así; todo lo que vive vive de la muerte de otro o de otra cosa. Porque nada de la nada viene, me explicó Liz: del trabajo surge todo; eso también se bebe y se come con scones. Liz a veces los cocinaba en los hornos que yo le fabricaba haciendo pozos en la tierra; a mayor cantidad de trabajo más placer hay en el bocado, sentenció. Yo le dije que sí, siempre estaba de acuerdo con ella durante esos meses que pasamos en el cielo enorme de la pampa. Podría haberla contradicho sin demasiado esfuerzo, hubiera bastado con señalarle la algarabía que le producían los asados, por ejemplo, que demasiado trabajo no costaban. No lo hice, no la contradije. Entonces lo pensé y me sentí muy perspicaz. En algún momento, y no había mediado palabra mía —tan transparente era la distancia entre nosotras— me contestó que el asado se hacía con poco trabajo humano pero necesitaba de la agonía de un animal. Que el mismo Cristo, Our Lord, se había hecho carne para ser sacrificado: había trabajado para conseguir la eternidad de todos, y que no había habido mundo ni vida que no fueran combustibles de sí mismos. Y que no habría.

Durante todo ese primer viaje no entablé ninguna discusión, no hice más que deslumbrarme y mostrarme deslumbrada aun las pocas veces que no lo estuve. Era el primero; tenía conciencia plena de que todo viaje tiene un final; tal vez en eso, en la experiencia del tiempo como finito, radiquen el fulgor y el relieve de cada momento que se vive, sabiendo que se ha de volver a casa, en una tierra que no es la propia. Yo miraba con voracidad, coleccionaba imágenes, intentaba estar atenta a cada cosa, sentía detalladamente; todo mi cuerpo, toda mi piel estaba despierta como si estuviera hecha de animales al acecho, de felinos, de pumas como los que temíamos encontrar en el desierto, estaba despierta como si supiera que la vida tiene límite, como si se lo viera. Y de algún modo era así: no pensaba mucho en la muerte entonces, pese a que estábamos surcando una tierra que parecía florecer en osamentas cada vez que llovía, pero todavía sentía el cuerpo sucio de mi vida antes de Estreya, Liz y la carreta. Apenas ponía un pie en el suelo me invadía el olor a tierra mojada, me ensordecían los cuchicheos de los cuises, me estremecía toda brisa, me acariciaba el aroma de la menta que crecía entre los yuyos, el de las flores chiquitas naranjas y violetas que se engarzaban en el barro, me dolía el roce de los cardos, me llenaba la boca de saliva la cocina de Liz —que se las ingeniaba para hacer sus copiosos desayunos en las cocinas cavadas en el barro: huevos revueltos, bacon frito, tostadas, jugo de naranja hasta que se acabaron las naranjas, té, tomates fritos, alubias blancas—. Y el cuerpo de Liz me tenía como un sol a un girasol, cómo me hubiera costado mantener la cabeza erguida sobre los hombros si ella me hubiera dejado de mirar, sentía la fuerza de esa atracción como se ha de sentir un campo gravitatorio, como eso que nos permite estar de pie. Ella era mi polo y yo la aguja imantada de la brújula: todo mi cuerpo se estiraba hacia ella, se empequeñecía de ganas concentradas. Fue bajo el imperio de esa fuerza que empecé a sentir y hoy creo que es posible que siempre sea así, que se sienta al mundo en relación con otros, con el lazo con otros. Me sentía viva y feroz como una manada de depredadores y amorosa como Estreya, que festeja cada mañana y cada reencuentro como si lo sorprendieran, como si supiera que podrían no haber sucedido, sabe, mi perrito, que el azar y la muerte son más feroces que la pólvora y que podían irrumpir como irrumpen las tormentas.

La ciencia inglesa

De repente todo se aquieta, los pastizales suspenden su vaivén —el pastizal se mece como un oleaje en la pampa—, caía pesado el silencio sobre cada cosa, una nube negra que parecía lejana nos cubría en instantes con sus volutas de gris casi oscuro y gris claro revueltas y henchidas de inminencia, pese a la textura suave que mostraban a los ojos de los que pisábamos la tierra, y en poco tiempo más, lo que tardábamos en guardar el futuro charqui adentro de la carreta, se desplomaban violentas sobre nosotros, estallaban con vehemencia achicharrando árboles y a veces animales. Liz llevaba en la carreta una cosa de la ciencia, el pararrayos Franklin. Corría cuando arreciaba la tormenta, lo ponía en el techo y lo clavaba en el barro. Funcionaba. Podían caer rayos como bombas alrededor y nosotros quedábamos aislados como bajo un paraguas. Amaba los paraguas: había dos en la carreta. Uno lo perdimos en mis experimentos. Había querido usarlo abierto contra el viento y antes lo había usado de bolsa llenándolo de pasto para mi vaca, la que ordeñaba desde que había llegado Rosario, y también de odre: había intentado meterle agua adentro a ver si servía de transporte. Nuestro gaucho le había hecho un techo de paja al pescante y ahí se refugiaban con Estreya cuando llovía, cuando el cielo era una masa esponjosa de diversos tonos de gris, la luz un espesor lívido y mortecino y todo lo celeste era casi negro y parecía conspirar para aplastarnos. Liz y yo nos metíamos adentro empapadas, con la ropa pegada al cuerpo, el pelo chorreando sobre la cara, los pies navegando en los zapatos. Casi nunca había tiempo de buscar los pilotos. Lo que se suspendía en el aire, y el aire mismo, antes de la tormenta, parecía una inhalación sostenida de los fueyes de una máquina que lo reuniera como combustible para una explosión o una manada de bestias atadas que rompieran las cuerdas; invariablemente a la quietud le sucedía un movimiento loco, un entregarse a la violencia del viento que parecía aprovechar la súbita oscuridad para azotar el mundo apenas visible en los fulgores metálicos que se clavaban en todas las cosas que se irguieran, y se agregaba una línea nueva a las del cielo y el suelo: la de todo lo que crujía, se partía y volaba con furia, como arrancado de una quietud en la que hubiera preferido permanecer. Porque la quietud es la naturaleza de la pampa; la actividad sucede principalmente abajo del suelo, en ese humus que es materia y continente, que es matriz más que ninguna otra cosa. Es un país de aventuras vegetales el mío; lo más importante que pasa le pasa a la semilla, sucede sordo y a ciegas, sucede en ese barro primordial del que vendríamos y al que vamos seguro: se hincha de humedad la semilla en la negrura, esquiva cuises y vizcachas, se rompe en tallo, en hoja verde, atraviesa la entraña, emerge todavía munida de sus dos cotiledones hasta que logra extraer la fuerza suficiente del sol y del agua como para dejarlos caer y ahí aparece la vaca y se la come a la hierbita esa que le nació al suelo y se reproduce, la vaca, y se multiplica lenta y segura en generaciones de animales que van a parar, casi todos, al degüello, y cae la sangre al suelo de las semillas y los huesos le construyen un esqueleto de delicias para caranchos y lombrices y la carne viaja en los barcos frigoríficos hasta Inglaterra, otra vena, una cruenta y helada, de esa trama que va de todas partes al centro, al corazón voraz del imperio. Lo nuestro es lo de la matriz. Procesos sordos, ciegos, ya lo dije, primordiales, invisibles, ligados al magma de todos los principios y todos los fines. Lo de Inglaterra es otra cosa. Es la isla del hierro y del vapor, la de la inteligencia, la que se construye sobre el trabajo de los hombres y no sobre el de la tierra y la carne.

La carne, tan frágil la carne, tan susceptible de azares violentos como las tormentas que se nos venían encima casi sin advertencias en el desierto. Nos metíamos en la carreta nosotras dos. Nos sacábamos la ropa, nos secábamos con esas toallas que llegaban de los molinos de Lancashire y habían salido antes del delta del Mississippi y de los látigos que partían negros en los Estados Unidos: casi cada cosa que tocaba conocía más mundo que yo y era nueva para mí. Las toallas, ese hilado suave, esa esponja que abrazaba, las toallas nos envolvían y enseguida el camisón y la lana de las mantas y los cueros de las vacas y la luz chica de una vela de sebo: un atisbo de amarillo casi marrón en la penumbra quebrada por los estallidos plateados y fugaces y el ruido del viento y de la lluvia. Me apoyaba en Liz yo. Y ella leía en voz alta. Una de esas noches, la de la primera tormenta creo, pero recuerdo todo ese viaje teñido con el aura de lo nuevo y no pudo haber sido todo una sucesión de primeras veces aunque tal vez sí lo fue y volví a nacer en la misma pampa en la que había nacido catorce o quince años antes, como sea, se sacudía un poco la carreta en la tempestad y Liz me empezó a leer *Frankenstein*, ese monstruo hecho de cadáveres y de rayos, ese pobre monstruo sin padre ni madre, ese monstruo solitario que había fabricado la ciencia inglesa con la luz que caía alrededor nuestro como municiones en ese mismo momento y que, conducida por aparatos semejantes al pararrayos Franklin, se llamaba electricidad. Sentí un terror nuevo esa noche. Estreya lo olió, se metió en la carreta y me empezó a lamer la cara; Rosario preguntó qué pasaba, habrá olido también, era baquiano Rosario, le conté la historia del monstruo y empezó a gritar desde afuera que no podía ser, que lo que me había leído Liz eran puras mentiras, que sólo Dios podía crear vida y no un gringo con un rayo y que si no fueran puros bolazos, del mismo modo se podrían crear animales nuevos. Liz lo invitó a entrar y sirvió tres whiskies y otros tres y otros tres más. Rosario, ya Rosa para mí y Rose para Liz, pensó en vacas con patas de ñandú y cabeza de puma, para que pudieran defenderse y si no, correr. En ovejas con patas de pato así cruzaban los ríos sin problemas. En caballos con piel de oveja para pasar el invierno. En árboles de vacas. Como los de ovejas, le contó Liz: cuando llegó el algodón a Europa, ese mismo de las toallas, creyeron que crecían como pimpollos los corderos en árboles gigantes de tallos tan fuertes y flexibles como para permitir a sus frutos pastorear alegremente. "Otro bolazo, como el gaucho ese hecho de muertos y de rayos", concluyó Rosa encantado y se quedó dormido. Liz lo dejó dormir adentro, igual que a Estreya, que se nos había metido en la cama. A mí me dio un beso en la frente. La abracé. Me dormí preguntándome si los dragones no serían animales de la ciencia eléctrica inglesa y, jurándome que iba a hacer todo lo necesario para averiguarlo, me dormí orgullosa de mi inquietud científica, yo, que hasta muy poco tiempo antes no distinguía un domingo de un miércoles ni un enero de un julio. Pocas veces me había sentido tan alegre en la vida.

Se quedaban suspendidas en el aire

Cuando me desperté, tarde, extrañada por tanta luz —yo solía estar de pie antes del amanecer—, la carreta estaba húmeda, caliente como una olla y, lo que nunca antes, tres o cuatro moscas me zumbaban y se me posaban encima. Las espanté. Había tenido pesadillas con los monstruos de la electricidad: ovejas de ojos rojos que me tiraban rayos y me mostraban sus dientes de hiena. La líder, que era negra, con cuernos azules y dientes innumerables, parecía un bosque de facones blancos esa boca que tenía, se había arrojado hacia mí y abría las mandíbulas en el aire como para tragarme entera cuando me desperté. Estaba aterrada, el corazón me latía tan violentamente que pensé que lo iban a escuchar todos. Pero no. Rosa roncaba fuerte, Liz un poco más suave. Estreya nomás se dio cuenta, se acostó arriba mío y siguió durmiendo. Su respiración plácida y el ruido de su corazoncito sobre el mío le fueron imponiendo un ritmo armonioso a mi cuerpo. Me calmé. Estuve despierta un rato escuchando los golpes de las gotas contra la lona de la carreta. En el terror de volver a mi vida de antes y en la Negra pensaba, la oveja me la había recordado; no era mucho menos feroz la mujer que me había criado, aun sin cuernos y casi sin dientes, tenía la furia desatada como un destino: la Negra me pegaba cada día, con un palo o con un rebenque, ante cualquier desobediencia. Y sin también. Todavía tengo en la espalda las cicatrices de los rebencazos. Cómo habría llegado a sus manos. Me lo volví a preguntar. Qué habría sido de mi padre y de mi madre. Salvo en el caso de Frankenstein, siempre hubo padre y madre. Y ahí me quedé, metida en un asombro: ¿cómo no se me había ocurrido antes buscarlos? Cuando yo era muy chica, me dijo que me había encontrado en un baúl en la puerta de su casa. Había un baúl en su casa, de madera lustrada, mucho más hermoso que cualquier otra cosa en todo el caserío. Yo me metía adentro con charqui y agua, cerraba la tapa y me quedaba quietita, hasta respiraba despacio. Esperaba. Hacía lo más parecido a rezar que sabía hacer: le hablaba a ese Dios del que había escuchado algo y le pedía que me sacara de ahí. Repetía esa oración: "Sacame de acá por favor señor Dios, sacame de acá señor Dios por favor, señor Dios, por favor señor Dios padre sacame de acá". O me convencía de que era una casa mía el baúl, de que iban a volver a buscarme y de que me buscarían ahí adentro, y de que podían irse si no me encontraban, así que me metía cada vez que podía, cada vez que se distraían, cuando se pasaban de cañas y se caían de borrachos, todas las veces que se iban a la pulpería. Cuando me encontraba, la Negra me sacaba de las mechas y me marcaba el cuero a rebencazos por holgazana, decía. Cuando fui un poco más grande seguí viviendo en esa ensoñación; la Negra se burlaba, me decía que mi madre sería alguna de esas extranjeras que terminaban de putas de los patrones en la estancia. Esa noche, con Estreya encima, Liz al lado y Rosa a pocos metros, tan lejos ya, me pregunté si Dios me habría escuchado, llorando como lloraba entonces, cuando todavía lloraba: tan copiosa como silenciosamente. Parecía una crecida de esos ríos de allá mi llanto, pura agua muda era. Me detuve en lo de la puta del estanciero. No lo había pensado antes: podía ser hija de patrón. Decidí que primero averiguaría eso y después la cuestión de los dragones; ya había aprendido, Liz me lo había dicho, que es necesario un orden y que las cosas se hacen de a una. Me dormí en paz.

Todavía había té caliente cuando salí de la carreta. Rosa tenía el talento del fuego: no había un palo seco en kilómetros a la redonda. Nada seco había. Y una de las ruedas de la carreta estaba enterrada en el barro dos o tres pies: se había salido de la tierra firme de la rastrillada. Había una vida infinita en el desierto; bajo el suelo, un mundo de galerías de animales, un laberinto de túneles a distintas profundidades, a veces paralelos, a veces cruzados, tal vez por eso las cosechas fabulosas, por lo aireadas que han de estar las raíces de todas las cosas que se plantan en esa inmensidad virgen de cultivos hasta más o menos el viaje que les estoy contando. Las vizcachas son animales laboriosos que usan las manitos casi como si fueran cristianos y cavan profundos depósitos donde guardan víveres; brotes tiernos, pasto, raíces, semillas, las frutas que encuentran. Cuando uno de esos depósitos está abajo de una cueva de cuises se forma una cruz enorme que, en el improbable caso de que le pase una rueda de carreta por encima, termina por desmoronarse y queda la carreta hundida en un pozo hecho de barro y vísceras de cachorros aplastados. Ese mediodía se los veía nadar a los bichos por sus cuevas anegadas, llevando a las crías que habían sobrevivido al aplastamiento con los dientes. Iban y venían tratando de salvarlas. El paisaje se extendía barroso y mostraba sus entrañas, estaban expuestas sus líneas de túneles y cuevas, más hondas, menos hondas, más rectas, menos rectas, todas cruzadas. Cada paso era un esfuerzo, había que arrancarle las patas a la tierra.

Liz y Rosa estaban abatidos; no podríamos seguir hasta que el camino se secara un poco, las vacas mugían porque se las tragaba el lodazal, hasta los caballos, en general tan impulsivos, avanzaban apenas, eligiendo bien dónde pisar. Y los tábanos nos picaban a todos. Pero habían aparecido los pájaros: llenaban el aire de ruidos, se bañaban a los gritos en los charcos, era como si nacieran del agua, como si vivieran alguna vida latente hasta que se mojaban, como si su vida participara del ciclo de las semillas de algún modo. Y las chicharras, los sapos y las ranas carracaban y croaban a coro, agradeciendo al cielo la lluvia que les había caído encima. Había abejas también en el vapor que el sol le levantaba al lodazal. No iban para ningún lado, se quedaban suspendidas en el aire, zumbando. El verano entraba en su punto de mayor combustión.

A lo lejos vimos un ombú y algo que parecía un arroyo un poco más atrás. Tener un orden de prioridades, padre-dragón, me había despertado la lucidez: les propuse bañarnos, comer y dormir la siesta abajo del ombú y salir al atardecer. Era bastante posible: la rastrillada parecía tener la firmeza suficiente, sólo teníamos que estar atentos. Primero juntamos pasto. Mucho, mojado, lo cortamos con el machete y les dimos a las vacas, que estaban taradas en el barro, iban a necesitar fuerza para arrancar pocas horas más tarde. Después fuimos abajo del árbol, preparamos otro té, Liz trajo una torta de miel, había un mundo adentro de esa carreta, inagotable parecía, y tuvimos el desayuno más largo que había tenido hasta entonces. Les conté mis planes. El del dragón hizo reír a Liz pero el de mi padre estanciero le pareció muy sensato: eran cosas que pasaban todo el tiempo, me dijo. Se entusiasmó dándome ejemplos, y terminó volviendo a la carreta a buscar un libro. *Oliver Twist* trajo y empezó a leerlo: un inglés guacho era y su fortuna cambiaba cuando encontraba a su familia. Se notaba la buena cuna en su moral intachable, decía ella. Yo iba a encontrar a la mía. O ya la había encontrado. Sí, me dijo Liz y me acarició la cabeza, aunque había otra: la del nacimiento. Todavía no la encontré a esa.

Sellamos animal por animal

Salimos cuando ya bajaba el sol: no voy a abundar, no voy a hablar otra vez de esa luz ni de cómo tiernizaba hasta los yuyos que apenas un rato antes eran ásperos y espinosos aunque floridos. En esos días, la pampa era toda cardos llenos de cogollos violetas más altos que un hombre alto: desde el pescante, la tierra era un suave oleaje violáceo. Los bueyes, que abrían el camino, terminaban tan llenos de espinas y flores como los mismos cardos, eran plantas de cuatro patas, cactus vaca, animales de esos de la ciencia, decía Rosa, que los cepillaba porque se lo merecían y los bueyes lo querían por eso, creo; lo seguían un poco cuando los soltaba. Por lo demás, parecían indiferentes a casi todo. Sería el peso del yugo tal vez, pobres bestias: el trabajo embrutece. Marchamos en silencio por la huella sutil que había dejado el paso de la indiada ya tapada por los cardos. Eran leves los indios como gatos, el sigilo y la sorpresa eran su sello, no dejaban casi nada atrás. Un poco les temíamos. No tanto: ahí estaba Rosa que medio indio era, decía él; no parecía, era blanco, de una ceja sola, más bien parecía un español, un cuis español, tan peludo era y era industrioso, siempre estaba haciendo algo con las manos. Era medio indio nomás, la madre de su padre había sido guaraní y él hablaba esa lengua y sabía cómo gritar un sapukái y nos mostró: se le inyectaron los ojos, se le inflaron las venas desde el cuello a la cabeza, se puso rojo, aulló y huyeron los cuises verdaderos, volaron los chimangos, las vacas se quedaron petrificadas, a Liz se le craqueló la cara del espanto, Estreya lo desconoció y le ladró hasta cansarse; entendimos que eso era hacerlo bien. Daba un poco de miedo Rosa en sapukái, parecía otro, el del facón, el que él decía ser. No sirvió de mucho explicarle que íbamos derecho a los tehuelches, porfió en que indio con indio se entendía y no hubo mucho más que discutir. A lo que sí le tenía miedo era al fortín, había desertado un tiempo antes, cuánto tiempo, no sabía bien el tiempo decía él, seguro que varios veranos y varios inviernos, se había bajado desde el norte arriando cuanta vaca se cruzó, calculamos con Liz que serían unos diez años. Queríamos quedarnos con las vacas, podíamos hacer queso, decía Liz, que creía que la prosperidad les llegaba sólo a quienes la buscaban trabajando. Se le ocurrió un truco: marcar los animales con el sello del patrón que los había mandado a la Argentina a administrar su estancia. Hubo un problema; no teníamos sello. Encontré un aro de esos grandes donde se apoyan los ejes de la carreta. Nos pareció suficiente y sellamos animal por animal. Eran trescientos cuarenta y siete. No tengo que decir que íbamos lento: las vacas, la carreta, la falta de un camino que no fuera la rastrillada, más apta para jinetes, la amenaza de un guadal o una vizcachera a cada paso. Nada ayudaba. Yo tampoco. No quería llegar. Quería vivir siempre en la carreta, en ese paréntesis, los cuatro sin inglés, a Liz sin marido la quería, quería, no sabía qué quería, que me amara, que no pudiera vivir sin mí, que me abrazara, que fuera mía la almohada que estaba al lado de la de ella: tardé tres días en sellar a los animales, alargué las siestas, serví whiskies abundantes, tenía tres barriles la carreta, hice preguntas para que hablaran. Desesperé de miedo: la carreta era el baúl de cuando niña si al baúl hubieran llegado amigos y le hubieran crecido ruedas, un otro mundo, uno mío de verdad. Todo el resto era una amenaza de Negra, de vida con Fierro, de tapera, del silencio huraño de la brutalidad que había conocido: nadie tenía nada que decir fuera de las cosas de la tierra y de la carne, que las vacas, que la lluvia y la sequía, que los chismes, que si tal paisano se había montado a tal otra, que si los hijos de tal eran a la vez sus hermanos y los hijos y los nietos de su padre, que si venía el patrón, que si no venía, que si venía y si castigaba o si premiaba, si habría malón o no. No hubo, ya los habían corrido a los indios para Tierra Adentro, para el desierto, para ahí donde estábamos nosotros; los viejos se acordaban de antes, cuando llegaba la indiada con la velocidad y la fuerza de una tormenta y dejaba todo muerto; eran peores que una plaga de langostas: los hombres, las vacas, hasta los perros mataban. Decían que no había iglesia porque habían quemado la capilla con la gente adentro. Uno de los viejos, el que se quedó con mis criaturas, era un niño cuando pasó y lo vio todo desde arriba de un árbol. Escuchó los gritos, sintió el olor a asado, se quedó tieso y mudo en la rama más alta esperando el rayo divino que aplastara a los infieles. Estuvo dos días ahí arriba, y al final bajó, aterrado pero convencido de que los indios no iban a volver por el momento porque ya no había nada más que robar ni que matar. Y seguro de que el rayo divino les habría caído en el desierto. Se fue al fortín y se quedó ahí hasta que el patrón viejo volvió y lo llevó otra vez a las casas con unos gauchos que traía junto a las vacas nuevas, esas hermosas vacas blancas con manchas marrones casi coloradas que durante mi infancia fueron casi todas las vacas; vacas inglesas, se las habían arriado en barco. Esos eran casi todos los viejos que yo había conocido, los que habían llegado después del malón. Que no sabían hablar los indios, decían. Que nada más gritaban como bestias, que como pumas desgarraban, que no conocían a Dios ni la piedad, que a las mujeres las violaban porque no sabían de cariño, que hacían guiso con los bebés cristianos porque eran más tiernos que los de ellos: se sabe que cuanto más negro más duro, decían los gauchos, que se guarecían en una dureza que también era de ellos, bien negros y bien machos, no como los patrones, decían. Por machos y por duros hacían los trabajos que hacían: les daba risa imaginarse al patroncito rubio y rosado de resero o domando un potro o boleando un ñandú; no recordaban a Rosas ni al primer patrón. Los patroncitos se la pasaban en Francia, las pocas veces que venían los trataban con devoción, señoritos les decían y agachaban la cabeza ante ellos, si hubieran tenido cola se la hubieran metido entre las patas. Curiosamente, estaban seguros de que mano a mano les ganaban. Y en general tenían razón; si se hubieran enfrentado a facón, el gaucho habría salido caminando. O galopando, dijo Rosa, que en un amanecer de whisky nos ofrendó su relato como quien se entrega en el amor: se puso en nuestras manos.

Sino de guacho

Sino de guacho también el de Rosa: con la cara sangrando se fue de la casa de la madre. No quería dejarla, pero entendió que el padrastro lo mataría la próxima vez que se enfrentaran. Se fue el gauchito sin más compañía que un facón y el Bizco, su potrillo. Anduvo días, cree: recuerda poco, la cara le latía, tenía moscas zumbándole en la herida y el solazo de Corrientes lo cegaba. Se desmayó. No sabe cómo ni por qué, el caballo no volvió a lo de su madre, caminó despacio, tal vez consciente de lo frágil de su carga, hasta una estancia. Los gauchos lo encontraron, lo llevaron a las casas, y una vieja le curó la herida con hierbas y emplastos y palabras que él ya no recordaba. Cuando pudo hablar le contó sus desventuras y la vieja se apiadó, le hizo un lugar en su tapera, le dio un cuero para echarse y el derecho de apostarse junto al fuego. Estaba sola la vieja, había muerto su marido y el hijo se le había ido en montonera: ella vivía del cultivo de zapallo y de mandioca y la piedad del capataz. Con Rosa su suerte mejoró; aunque mocito, ya era bueno en la doma y empezó a trabajar con la tropilla. No tenía barba todavía cuando empezaron a darle todos los potrillos bravos. No les pegaba Rosa, les hablaba, les hacía caricias en el cuello, "tenía un mé-to-do", decía él, saboreando la palabra como si fuera un manjar; la había aprendido con cierta dificultad y la pronunciaba como quien saca una cigarrera de oro, como mostrando una joya que lo enaltecía, una especie de corona. El método había deslumbrado a los gauchos, que creían que Rosa convencía a los caballos con gualicho y se ponían pesados cuando estaban muy borrachos. Le pedían que les enseñara, no le creían que era sólo cuestión de hablar despacio y abrazar al bicho, amenazaban tirarlo al corral de los toros malos para ver si también los convencía de abuenarse y no había explicación que les bastara. No querían creer que tenía un mé-to-do, decía Rosa, que podía usar cualquiera. Ya novia, María se llamaba la chinita, las trenzas más largas de las casas, y hacía tortas fritas y le hablaba bajito, sabía contar historias y le gustaba irse con él a los esteros: Rosa había hecho una balsa, remaba empujando camalotes, jugaban a meter palos en las bocas de los yacarés. Palos largos, claro, de lejos y tampoco jugaban tantas veces, había que verlos tragándose una garza de un bocado si se distraía la garza, y bien que podían darles vuelta la balsa si querían. No quisieron. Se iban con la María ahí a las islas y todo era risa y besos. Tenía ese amor, tenía una vieja y la quería, tenía al Bizco, su caballo, que solamente él podía montar. Y tenía el plan de volver donde su madre y liberarla de ese gaucho mal parido. Entonces el patrón llegó a la estancia. Era un viejo de barba larga y amarilla, parecía un sol ese hombre y era bueno. Les pagó los sueldos atrasados, les dio una media res para el asado, hizo hacer chocolate, sacó la guitarra y hubo baile, viva el patrón, gritaban todos, los mozos, las chinas, los loros, las cotorras, las vacas, los caballos, los sapos, los teros y los grillos. Trajo al hijo, el señorito, rubio también, parecía delicado, usaba anteojos y si bien nunca se vio un gaucho con anteojos el padre quiso hacerlo hombre. Lo llevaron de viaje los reseros: le enseñaron a bolear, a enlazar, a cazar en general, a badear ríos a caballo, a seguir bajo la lluvia, a aguantar el sol y a desafiar. Ganaba siempre, lo dejaban. Al patrón viejo le gustaba cómo Rosa le trabajaba la tropilla porque no le lastimaba los caballos, "tenés un método", le dijo y ahí supo Rosa cómo nombrar a su talento, "enseñáselo a mi hijo". Le enseñó, pero se dio cuenta enseguida de que el rubio no podía, no había forma, no aprendía, así que usó las noches para amansarle los potrillos y el otro andaba contento en las mañanas, creído de tener él también su método. Le pidió que lo llevara a andar en balsa, Rosa le habló del yacaré, el patroncito le dijo no hay cuidado, se trajo dos pistolas y volvieron arrastrando a dos bichazos, los asaron, les gustó, llevó vino el rubio y lo tomaron, terminaron abrazados como amigos y desde entonces empezaron a galopar juntos por los campos de su padre. Siempre había que dejarlo primerear y con eso la paz estaba asegurada. Una tarde, después de tomar caña en cantidad, se le dio por querer montar al Bizco. Rosa le explicó que no, que solamente él podía montarlo, que era su caballo, le había salvado la vida y lo quería, que era todo lo que le quedaba de su madre. El rubio dijo que si podía un guacho, el también iba a poder. Se subió al Bizco: Rosa le hablaba cerca de la oreja, le decía que se dejara, empezó a andar, parecía que iba bien hasta que el rubio le pegó un par de rebencazos. El Bizco relinchó, empezó a saltar como un demonio, lo tiró, Rosa fue corriendo a levantarlo, el caballo se había quedado ahí cerca, el rubio se volvió a montar y le pegó con saña, el Bizco lo tiró otra vez, el rubio se paró, agarró las riendas, sacó el cuchillo y lo degolló. Rosa se acordaba de los ojos del caballo, la pobre bestia lo miró a él pidiendo ayuda cuando ya no había nada que pudiera hacerse, y se le fue al humo al rubiecito y lo fajó. Gritó como una china el desgraciado, vinieron a salvarlo, le pegaron a Rosa, cuando se despertó estaba estaqueado, el rubio fue al rato, "así que me pegaste, indio de mierda, vas a ver, y sacó la poronga y me meó". Los demás se rieron sin ganas, igual que lo dejaban que ganara. A la noche se apiadaron y en lo más oscuro lo soltaron. Agarró el mejor caballo y se escapó. Se escondió en un monte, tenía que descansar de tanta estaca. Lo buscaron; como nadie más que el rubio quería encontrarlo, ahí se quedó hasta que se fueron olvidando o lo dieron por perdido. Lo esperó. Lo encontró solo, galopando. Atropelló Rosa. "Nos caímos. Sacó la pistola, me tiró, me dio, no tanto como para que no usara mi facón. Se lo clavé. Le di en el hombro y lo saqué y le abrí una boca nueva en el cuello. Lo dejé tirado, lo escupí, lo mié encima. Y me fui galopando". Otra vez herido y solo, con caballo y con facón, emprendió una marcha igual que la primera pero en sentido contrario: volvía a casa Rosa. Lloró su madrecita apenas verlo, le pidió que se fuera, lloraban sus hermanos temiendo la furia del padrastro. Rosa les ordenó que salieran, que se ocultaran atrás de unos árboles. La madre le rogaba que no, que lo dejara, que no era para tanto, que quién les iba a dar de comer a todos, que tenía miedo de que lo matara a él, su hijo querido. Rosa no escuchó. Se sentó nomás dentro del rancho mientras la olla cocía el guiso que su madre había empezado a hacer. Entró el padrastro, preguntó dónde están todos, qué hacés vos acá tape de mierda, qué buscás, a vos te busco indio mal parido, ¿indio yo?, dijo el más viejo pelando su facón, pelá el tuyo y vamos a ver quién manda, Rosa peló, se midieron girando alrededor de la olla, el viejo alargó su brazo hasta el pecho de Rosa, que esquivó el fierro y lo empujó, el viejo se cayó, Rosa saltó, lo dio vuelta, se sentó en su culo como si lo montara, lo agarró de las mechas, les dijo hijo de puta le pegaste a mi madre y me cortaste a mí y le diste a mis hermanos, y le abrió el cuello en canal, lo sintió morirse, sintió cada sacudón de ese cuerpo odiado hasta que la vida lo dejó, se diluyó con la sangre que se esparcía sobre un cuero. Rosa se paró y arrastró el cuerpo para afuera, sacó el cuero también y lo tapó, le gritó a su madre que se metiera adentro y les diera de comer a sus hermanos, lo arrastró como una legua adentro del estero al viejo y lo tiró muy cerca de cuatro yacarés. Vio cómo salían de su letargo y se acercaban lentamente, seguros de que no se les iba a ir la presa. Se lo comieron. Rosa volvió a su casa, se despidió de su madre, le dijo al hermano que lo seguía que le tocaba ser el hombre de la casa y se fue como quien se desangra: se fue para no volver.

Quemaba puentes

"Parásitos de las vacas son, piojos de ganado", me dijo un día Liz, "they are cow's parasites, cattle lice" fue la frase, para contarlo con precisión lo aclaro, hablando de los gauchos del mismo modo en que me había contado que las frutillas son rojas; sin pasión, sin desprecio siquiera. "Y de los caballos", había agregado yo sí con desprecio: quemaba puentes. Para poder irse hay que hacerse otro. No sé cómo lo sabía, era tan niña entonces; me estaba yendo con la velocidad y la fuerza de una locomotora, una de esas máquinas que me había jurado ver y que vería avanzar sobre pastizales y tolderías y pampas y montañas. Me hacía otra y dejaba atrás a los míos: primero a la Negra, que me había marcado a fuego pero había tenido también sus ternezas. La recuerdo hoy cuidándome de muy chica. Recuerdo una canción de cuna. Recuerdo paños fríos en la frente y ventosas en el pecho. Y tuve vestido y comida y una lengua para hablar y una casa. Si es que se puede llamar casa a esas taperas hechas de barro y bosta, sin más mobiliario que cuero y huesos: puro resto de asado. De vacas y caballos, sí, de ahí venía lo de los parásitos que decía Liz, que creía entonces en el trabajo más que en su Dios Padre, de esa vida a carne y agua que llevábamos, sin cultivar ni zapallos ni legumbres, sin tejer, sin pescar, casi sin cazar, sin usar otra madera más que la que se caía y sólo para hacer fuego. Vivíamos medio perdidos, como en un sopor, sentados sobre cráneos de caballos y de toros, calzados con botas de potro, comiendo carne cada día y cada noche, yendo a cambiar cueros por caña, yerba y tabaco a la pulpería, arriando animales o marcándolos. Dormíamos todos amontonados, unos arriba de los otros estremeciéndonos como se estremecen las larvas en el montón, abajo de cueros en invierno o cerca de un fuego hecho con palos secos y bosta de vaca y caballo para ahuyentar los mosquitos en verano. Amontonados. Todos. Borboteando las porongas y las conchas sin parentescos que valgan, como un magma de larvas nomás. Creo que la Negra empezó a castigarme por eso mismo, por celos, hasta los animales los sienten, cuando el Negro empezó a manotearme. Yo me le escapaba, desde que había llegado a la casa me daba miedo ese negro borracho y sin dientes, trataba de refugiarme en ella pero me recibía a las puteadas y los golpes así que empecé a irme lejos del fuego, ponía palos cerca mío, confiada en que si se acercaba el Negro se caerían porque no los vería entre la oscuridad y la borrachera, nos íbamos con otro guachito, uno que era medio indio y que había quedado ahí en las casas cuando murió su madre. Iba a Buenos Aires. Caminando con el crío en la espalda se cayó, los gauchos la encontraron desmayada y se la trajeron de pena. No hubo nada que hacerle: contó que venía de los indios, que se había escapado, que se quería volver con su familia, pidió que por favor le llevaran al chico a la ciudad, se puso cada vez más verde y se acabó. El chico quedó ahí nomás, le tiraban comida y andaba de rancho en rancho tratando de caer bien como los perros. Y de ser útil. Buscando abrigo fue que aprendió los oficios de gaucho: llevaba y traía agua, hacía fuego aun en tormenta, peleaba con el puma si había uno. Terminó llamando la atención del capataz, que lo vio menos larva que a los otros y le enseñó a trabajar. A fundir el metal y darle formas, a talar esos pocos y pobres árboles que había para hacer la leña, a cuidar los frutales del patrón. Raúl se llamaba, y cuando empecé a huir de los negros me junté con él. Era un gauchito con cuello de toro, manos fuertes y llenas de saberes, un refucilo de belleza. Ponía los troncos como trampas y tendíamos nuestros cueros sobre el pasto. Conocí con él la delicia que puede ser la carne, la alegría dulce de ser esperada y festejada. Se le plantó el Negro un par de veces con fiereza de patrón robado pero era viejo el Negro. Y Raúl bueno. Apenas le cortó la cara. Tendría que haberlo muerto, pensé entonces y tuve razón: el viejo hijo de puta me jugó al truco y Fierro le ganó y entre los dos me llevaron de las mechas a la iglesia, dos caballos reventaron al galope hasta llegar, y me casaron. Dejé de hablar. Ya no había nada que hacer. De lejos me miraba Raúl y yo a él y cuando nació mi primera criatura le vio cara de indio Fierro, que llegó dos días después lleno de caña como un barril y que nunca se había visto en un espejo, y a la madrugada siguiente apareció muerto mi amor, con la cabeza partida en un cañadón. Que habría tomado y se habría caído, dijeron. Todos sabíamos que no. No chupaba el Raúl. Para cuando volvió el capataz, ya estábamos en otro caserío. Y él lo quería, pero tampoco era su hijo el muerto.

Fierro lo mató a mi Raúl, yo creo que no me mató a mí porque era la única china rubia que había tocado en su vida y era suya y eso lo distinguía de los otros, era un lujo de patrón yo, nos llevó a otra estancia y se fue de arriero. Meses después apareció, cansado y sobrio y vio a su hijo. Tiene, como él, una estrella de lunares en la ingle. Vi que se le nublaron los ojos y me habló con ternura. No le contesté. No lo podía querer al borracho de mierda de Fierro, nunca había podido y mucho menos después de que me mató a Raúl. Afortunadamente no lo vi mucho. Cuidaba que no me tocara nadie y tampoco me tocaba mucho él. Abrite, me decía de vez en cuando, se sacudía adentro mío unos instantes y se iba. Cuando no estaba arriando estaba en la pulpería o dormido en la tierra con los otros. Estaba borracho y caí ahí, decía él. A mí, mientras se cayera en cualquier lugar lejano, me daba igual. Pensé en matarlo las veces que yació al lado mío, una noche le manotié el facón para hacerlo caer con fuerza en su cogote y ahí me congeló una pregunta: ¿adónde me iba a ir? Me quedé dura como una estatua de asesina: todo el peso de la imagen en las dos manos que sostienen el cuchillo arriba y atrás de la cabeza, la espalda arqueada, el aliento retenido. Me gustaría poder decir que un rayo de luna se reflejó en el filo del metal pero no puedo. Era muy sucio Fierro.

No tuve que matarlo, se lo llevaron. Y yo me fui sin saber adónde. A él también lo traicioné, como a todos menos a Raúl: nuestro plan era irnos.

Un profeta del pincel

De Liz supimos menos, lo poco que nos contó: había tenido padre y madre, granjeros escoceses, colorados como ella. El padre era granjero por caída, había querido ser artista, era artista, pasaba más tiempo con sus lienzos que recogiendo papas, la madre rebuznaba de cansancio entre la huerta y la crianza de los hijos pero lo quería y quería que pintara, deslumbrada por los paisajes de su hombre, siempre masas de luz, la de Jesús nuestro señor, pensaba ella que creía que el padre de sus hijos era una especie de profeta del pincel. Y un poco era, dice Liz, creía que Dios estaba hecho de algo parecido al sol y le explicaba el mundo como masas de colores. Aun en la mayor oscuridad, cuando parece que Él no está y el desamparo nos aplasta, habrá que mirar bien: algo relumbra, algo nos guía, hay que seguir adelante en busca de un destello. Él los encontraba en lívidos revueltos de las nubes de Escocia y cáscaras de papa con aura, fulgurantes sus bordes recortados; torbellinos de pelos de la esquila como luciérnagas contra el blanco algodonoso de un cielo en movimiento, blanco sobre blanco sabía pintar el viejo Scott y era posible distinguir uno de otro a simple vista, y el sol cayendo a plomo difuminando mar y pastizales: un Turner campesino, me explicó Liz mientras desplegaba algunos cuadros de su padre y yo entendía las masas luminosas, cómo no entenderlas en esas pampas, pero no lo de Turner, entonces ella sacaba otra tela, *Steam-Boat off a Harbour's Mouth in Snow Storm*, una copia que había hecho su papá para vender allá en su pueblo, y otra más, la que más me impactó: una locomotora surge negra y feroz del naranja espeso y sin embargo un poco translúcido de un amanecer sobre un río en el que apenas se adivina un bote, el Támesis, me dijo Liz, del puente de Maidenhead, uno tan de hierro como la locomotora, que va de Londres hacia el Oeste y el cuadro se llamaba *Rain Steam and Speed - The Great Western Railway*. El cielo es espeso por el smog, me explicó Liz: el aire de Londres estaba sucio, tenía carbón flotando y esas pequeñas partículas hacían dos cosas a la vez: reflejaban el amanecer, lo multiplicaban, y hacían del aire un espacio turbio. A mí me gustó toda esa luz, la del señor Bruce Scott, papá de Liz, y la de William Turner con su locomotora y su bote, tan parecida a la nuestra por allá, era un profeta de nosotros también Turner, tan parecida a mí misma, a todos nosotros sucediendo en el aire de la pampa, tanto más diáfano, observé, que el de Inglaterra. Y tuve razón. Quise pintar, Liz sabía cómo, y empecé.

Pincel en mano, fascinada con la paleta de colores de la acuarela, traté de hacer a los bueyes y a nosotras mismas. Algo salió y Liz siguió contando. Ella hacía, feliz como un conejo comiendo zanahorias, dijo, caminatas con su padre y hablaban de la vida, de los libros que él le hacía leer, de la escuela de ella, de la incógnita del futuro. Cuando conoció a Oscar se aclaró: decidió partir a hacer fortuna allá en las pampas. No sabía mucho, salvo que eran tierras casi vírgenes de todo trabajo. El padre la empujó, le dijo que fuera a esa luz nueva americana y que volviera, que él la esperaría. Y ahí estaba, dirigiendo mi mano estremecida por el contacto con la suya en el cielo celeste de ese mundo nuevo, yendo a buscar la fortuna que era suya y que liberaría a su madre de la granja, a su padre de cualquier otra cosa que no fuera pintar, a sus hermanas de todo matrimonio no deseado y a sus hermanos de las papas y del frío inglés de casi todo el año.

Cuando se cansó de hablar me besó suave, apenas, yo me atreví y le pasé lenta la lengua por los labios, lenta la lengua por la lengua, en llamas como la locomotora de Turner en el incendio del amanecer londinense. Me apartó un poco, con ternura, y me dijo que siguiera con la acuarela que iba bien.

SEGUNDA PARTE

EL FORTÍN

Un conjunto vistoso

Estreya nos traía sus hallazgos: dejaba caer huesos a nuestros pies y se sentaba moviendo la cola, orgulloso, como si nos estuviera entregando oro. Le acariciábamos la cabeza estremecidos, pensando que nuestros propios esqueletos podían correr la misma suerte, nos abrazábamos, nos queríamos aún más en el hedor a muerte de las cercanías del fortín, el amor se nos consolidaba ante la percepción de la precariedad que somos, nos deseábamos en nuestras fragilidades, nos empezamos a dormir todos juntos alrededor de la fogata en el intento de hacer guardias permanentes que se volvían más difíciles en la medida en que pasaba el tiempo: las noches eran cada vez más largas, como las sombras durante el día. Tenía títulos Liz que certificaban la propiedad de la tierra a la que iba, cartas selladas del Lord que la mandaba, una escritura porteña que las refrendaba pero how could you be sure si esos salvajes del ejército argentino sabrían leer, se preguntaba, and even if they know, tampoco podíamos estar seguros de que no le robaran los títulos y nos mataran. Estreya empezó a aullar una madrugada. Nos despertamos con miedo, Rosa y yo fuimos a ver lo que el perrito nos mostraba. Eran seis cuerpos de indios recién muertos y unos seis mil chimangos picoteándolos y picoteándose en el afán de conseguir mejor bocado. Como fuera, los cuatro hombres, la mujer y el niño ya casi no eran más que restos de carroña de ave.

No nos detuvimos mucho en la contemplación. Liz empezó a mandar con fuerza: que no nos podían sorprender, que además de ser hay que parecer, que éramos una delegación inglesa y tendríamos que respetar sus protocolos. Nos mandó a cambiarnos: Liz de señora, yo de varón inglés, Rosa de siervo con librea, hasta eso había en la carreta, uniformes para cada estamento de la estancia según los habían imaginado el Lord y sus mayordomos, Liz y Oscar. Éramos un conjunto vistoso, creo yo, ahí avanzando en ese comedero de chimangos yo con mi levita, Liz con su vestido, Rosa con su uniforme, mucho más lujoso que cualquiera de los que veríamos luego.

La polvareda puede parecer estática

Una nube de tierra se alzaba entre el suelo y el cielo limpio, celeste, bajo los rayos que caían con fuerza de plomo: llegamos uno de los últimos mediodías del verano. La polvareda puede parecer estática, puede parecer algo tan propio del cielo como el sol y los chimangos, pero no, si se levanta del suelo hay movimiento y si hay movimiento hay peligro: es preciso llegar a distinguir qué o quién la provoca, interrumpe la caída del polvo al suelo, lo mantiene en el aire, le pelea y le gana a la gravedad. Se adelantó Rosa, todo duro en su uniforme y en su montura inglesa, esta cosa horrible decía él, aunque era notable que se sentía más seguro con esa ropa a pesar de que se lo viera incómodo, medio asfixiado por el cuello rígido, y montado sobre ese artefacto que lo entorpecía: avanzaba a tranco corto, con cadencia de general Rosa. Se detuvo cerca y a los pocos momentos se aclaró un poco la cortina de tierra que estaba frente a él. Ahí entendimos de dónde salían las lombrices, los gusanos, los cuises, las liebres, las perdices, las ratas, las vizcachas, las mulitas, los peludos, los pichis, los matacos, los choiques, los ñandúes, los ciervos colorados, los pumas y los jabalíes salvajes que venían hacia nosotros disparados a la carrera dibujando líneas rectas como balas y se dispersaban en la nada de la pampa. Cuando cayó otro poco de polvo al suelo y vimos las cabezas de terracota de los gauchos asomarse apenas de una fosa, con una montaña de tierra atrás de ellos, supimos qué era eso que se extendía en todo el horizonte que llegábamos a ver desde la carreta. Le señalaron brevemente a Rosa una dirección y volvieron a cavar y la línea ya no tuvo interrupciones; divisamos apenas el cuerpo montado de un milico tan sucio como los gauchos. Habló con alguien, miró hacia la carreta, se cuadró y salió al trote, seguramente a avisar de nuestra llegada. Rosa volvió, se bajó del caballo, pidió el cepillo y se encargó de su uniforme, su montura y su caballo. Let's go, dijo Liz, y arrancamos para la entrada del fortín. Las Hortensias se llamaba, aunque no merecía ningún nombre que lo acercara a una flor.

Ay, my darling, pase, pase

Nos guiaron hacia el casco de la estancia. Era una casa enorme, de un blanco impecable, luminoso como un animal fuerte y sano, tenía galería, los pisos tan lustrados que temía patinarme, un jardín lleno de flores y de pájaros cantando, un aljibe y en el medio, sentado en un sillón de tela colorada de la que no pude despegarme apenas empecé a tocarla —tenía pelos cortos, si la acariciaba para un lado el color era más oscuro, para el otro más claro y era suave esa tela de sillón—, sentado ahí mismo nos esperaba el coronel. Se paró apenas nos vio. Se inclinó. Le besó la mano a Liz y empezó a hablarle. Entendió que era inglesa a las dos palabras y se alegró de hablar con alguien nacida en tan grande nación, la rubia Albión, dijo con rima y cambió de lengua. Liz le regaló la copia que su padre había hecho del cuadro de la locomotora de Turner, al coronel no le alcanzaron las dos lenguas para agradecerle, como si supiera, le dijo, para eso estoy acá, para traer el tren, los motores del progreso a la Argentina, ay, my darling, pase, pase, vaya a sus habitaciones, acomodesé, sacudasé la tierra de estos llanos, le haré llenar la tina, hay un cuarto también para su hermano, por favor, por favor, china, me lleva a los señores a las habitaciones de invitados. Nomás pisar la madera de los salones, las alfombras y ver cuadros en las paredes, Liz se transformó como una planta casi seca con la lluvia: se puso turgente y empezó a irradiar, los ojos, la piel, los dientes, toda. Y por fin supe de qué me había hablado tantas veces: en una vitrina, una caja de madera con un vidrio de puerta, había un anillo. Y en el centro del anillo, el diamante, la piedra esa por la que se mataban los hombres. Era hermosa, como si se juntara en un punto el agua más limpia del mundo, así de liviana y fuerte.

Los colores se desprendían de sus objetos

Los colores se desprendían de sus objetos y flotaban arriba de ellos, los opacaban, los dejaban atrás como cadáveres, como cáscaras rotas de huevos preñados de rojos y blancos. Blanco, veía el blanco de la piel de Liz subir por sobre la mesa, por sobre los manjares que había dispuesto Hernández para nosotras, por sobre Hernández mismo, que había empezado con eso de que hoy la industria pastoril representa también civilización, empleo de medios científicos e inteligencia esmerada, por sobre la voz de Hernández subía el blanco que se desprendía de la piel de Liz, por sobre los siervos que servían las copas sin parar, por sobre la vajilla, ah, la vajilla, esa porcelana blanca con dibujos azules de un bosque, una casita, un río, tan hermosos, por sobre el aguamanil y la jofaina, por sobre el estado de cultura de una sociedad que se prueba lo mismo por una obra de arte, por una máquina, por un tejido o por un vellón, por sobre los cubiertos de plata que estaban dispuestos como un arsenal destelleante sobre la mesa y con los que no sabía qué hacer y se me ocurrió hacer lo que Liz; por sobre mí misma también el blanco mientras comí ensalada cuando ella la comió, corté el pan cuando ella lo cortó, pinché y corté el filete a la Wellington —que era una carne de vaca roja como la que yo conocía pero rodeada de verduras y metida adentro de una masa que se llama hojaldre—, se elevaba por sobre el vino la piel de Liz, ah, el vino, lo conocí ese día al vino bordó y me puso la sangre a borbotear y a ver el blanco que flotaba por sobre todo, por sobre las copas y las botellas, por sobre la caoba oscura que cubría todo el salón, por sobre mí, por sobre el vestido de seda rosa y escote bote o más bien alféizar que se había puesto, un vestido francés, me explicó y ya me había contado de Francia, un país de gente elegante y artistas y mujeres de vida ligera, tuvo que explicarme también eso de la vida ligera que es algo a lo que sólo pueden acceder las mujeres, por sobre la voz de Hernández, que llenaba todo el salón, en cada hueco, en cada grieta de la materia flotó la iridiscencia pálida, por sobre la industria agropecuaria y el aumento de población del globo y la aglomeración sobre puntos determinados por su riqueza natural, por sobre los atractivos de la vida social, y por sobre otras muchas circunstancias, por sobre Liz misma veía ese blanco, el dulce nacimiento de sus tetas y la redondez que no ocultaba ningún tejido, blanca esa piel fulguraba en el salón del estanciero junto con el colorado, los caudales del pelo de Liz que reflejaban su pecho como un río refleja, esas crenchas coloradas que se movían en corrientes diversas, como plantaciones de sorgo sacudidas por distintos vientos, ah, todo lo que ha hecho exigente la necesidad de fomentar y desarrollar la agricultura y la ganadería, movía el pelo Liz sobre su cara, la ocultaba y la mostraba como un niño en un juego, no está, acá está, que no sólo son las fuentes que proveen a la satisfacción de las necesidades primordiales, y los párpados, las pestañas rojas y curvadas jugaban a lo mismo con esos ojos celestes casi transparentes, ojos medio de fantasma que tenía, y le caía el pelo sobre el pecho y ay, pobre de mí, quedé estaqueada, y el coronel diciendo que también proveerá a las comodidades y el bienestar de las clases laboriosas, y al lujo de las clases privilegiadas por la fortuna, paralizada yo, poco más podía mover que la mano derecha que llevaba la copa de la mesa a mi boca, ese blanco, ese rojo me habían velado las otras maravillas que conocí esa noche, el cristal de las copas, el mantel bordado de faisanes, los floreros y las flores, las bandejas talladas, ni hablar podía pero nadie esperaba que dijera nada yo, el little brother, Joseph, Joseph Scott, me había presentado Liz, y el coronel estanciero se envalentonaba, se sentía toro, se agrandaba, le veía crecer la espalda, se le espesaba el pecho, la barba desarrollaba rulos y se ponía rojo, parecía ver lo mismo que veía yo, Liz se movía como se mueve un puma que siente la propia fuerza, era una bestia Liz, era la vida misma prodigando sus mejores carnes, las más vivas, las más alegres carnes, y hablaba el coronel estanciero de sus vacas, de la industria rural, que apenas hacía treinta años había visto llegar el faro de la civilización, de yeguas hablaba el Hernández ese mirándola a Liz que sacudía sus crines, una alazana parada sobre sus patas traseras, fuerte y bruñida de blanco y colorado y rosa mientras el viejo seguía con su oda al progreso de las pampas, el que traía él y dejaba atrás los modos no civilizados de las estancias anteriores, eso no era una industria, con excepción de la doma de potros baguales, lo que importa una transformación del animal salvaje en animal educado y útil, decía y se babeaba y seguía con la aparición de los toros Durham, los caballos ingleses de carrera y los frisones, las ovejas y los carneros Rambouillet, ah, la mejora de las razas con las razas europeas y de ahí derecho a la transformación que estaba haciendo: un pueblo que pasa de amasijo de larvas a masa trabajadora, imaginesé, milady, que no será sin dolor, pero, ay, hemos debido sacrificar nuestra conmiseración, todos hemos de sacrificarnos para la consolidación de la Nación Argentina, iba diciendo con la voz cada vez más empastada pero sin achicarse, seguía creciendo el cristiano, experimentaba un proceso volcánico Hernández y la mirada se le puso inquieta, les estamos metiendo a estas larvas la música de la civilización en la carne, serán masa de obreros con los corazones latiendo armoniosos al ritmo de la fábrica, acá los clarines tocan el ritmo de la producción para que se les discipline el alma esa anárquica que tienen, decía y se le perdían los ojos, se le iba uno para un lado y otro para el otro y luego se buscaban hasta la bizquera, como no pudiendo enfocarse en nada, hasta que se puso candente, casi se le juntaron las pupilas, dijo que todo lo demás era agreste, primitivo y brutal, y al fin se desmoronó, cayó sobre la mesa su cabeza de patriarca rural arrojándonos la guasca de su caída: el vómito le saltó caudaloso, se partió el plato en su frente, se llenaron de sangre los restos del bife a la Wellington, se volcaron las copas y el vino se expandió por el mantel, cayeron las botellas de agua y chorrearon hasta el piso gota a gota, viscosas como las palabras del estanciero, y saltó al suelo una cabeza de chancho, que iba a ser el tercer plato, en una trayectoria propia de un ave o de un canguro, sí, eso también lo había aprendido yo con Liz en la carreta, había canguros en el mundo y eran como liebres enormes pero con una bolsa en la panza para llevar a sus crías de paseo y andaban parados y eran capaces de pegar saltos de metros.

Volcarme yo

Fue en ese momento que Liz se paró, llamó al mayordomo, le ordenó llevar a su señor e higienizarlo, llamó a una de las chinas, le indicó calentar el agua para un baño, fue hasta donde estaba yo, me sacó la copa de la mano, me la tomó en la suya y me llevó hacia su estancia, un dormitorio enorme con enorme bañera, la cama como una carreta lujosa y sin ruedas, hasta techo tenía, columnas de madera labrada, dosel se llama eso, le colgaba al techo una seda finísima, translúcida y dorada suspendida en pliegues llenos de aire, nubes casi transparentes parecían esos pliegues, no tengo que decir que yo nunca había entrado en habitación semejante, no había visto más que las taperas, sus suelos de tierra, los cueros sobre los que vivíamos y la carreta, entonces, la cama con dosel, la seda, el amarillo suave e inquieto de los quinqués, un sillón, y ahí me senté yo en un extremo, apichonada por tanta novedad y por el blanco y el rojo de Liz que no dejaban de crecer, al contrario, tenían cada vez más fuerza, casi no había nada ya fuera de su dominio y cuando se sentó al lado mío y me miró a los ojos con los ojos esos de azul desganado que tenía, no quedó nada de nada sobre lo que no rigieran y quedó menos cuando me aprisionó contra el sillón y me besó la boca largamente, horas estuvo besándome, nunca nadie me había besado tanto, y supe de la aspereza húmeda y caliente de su lengua, de las volutas de su baba entre mis dientes, de sus dientes sobre mis labios y supe más, supe tanto esa noche en que supe también el vino y las camas con dosel y las bañeras y las copas de cristal y las eyaculaciones de los estancieros, supe de esas manos tan frágiles y suaves siendo fuertes contra mi camisa, abriéndola con firmeza, tomando mis tetas, acariciándolas de a poco, haciéndose desear hasta apretarlas, hasta frotarlas y hacerme doler para después chuparlas curándome del dolor que me había causado, como un ternero me chupó las tetas Liz y me las mordió como una perra y las volvió a lamer como ha de lamer un corderito, como el Braulio lamería, y me volvió a besar la boca y ahí pude yo recuperar la facultad del movimiento y hacer lo que quería hacer desde hacía horas: liberarle el blanco del escote, meter mis manos entre la seda y la piel y sacar sus tetas, que quedaron servidas como se había servido el banquete en sus bandejas, como en la mesa hice lo que ella, la amé en espejo, le lamí los pezones, tan rosas como la seda rosa del vestido que llevaba puesto hasta esos momentos porque tomé coraje y se lo empecé a sacar pero ella me agarró las manos con una fuerza que no le había sospechado y se paró y me levantó y me llevó a la cama y me terminó de sacar el pantalón mientras me decía my Josephine y good boy y me metía la lengua como para darme confianza, como para confortarme y como para asegurarse su poderío, me desnudó completamente, se quitó el calzón y me cubrió con su vestido, me acarició el cuerpo entero con esa seda y se sentó:

apoyó el hueco de su concha en la punta de la mía y empezó a moverse adelante y atrás, a resbalar sobre mis resbaladizas, sobre mis viscosas carnes íntimas, sobre mi concha que latía, echaba burbujas como agua hirviendo, y la veía a Liz desde abajo cuando se hamacaba para atrás y la seda del vestido no me cubría los ojos, las tetas meciéndose, el cuello arqueado hacia los talones, el pelo rojo cayéndole casi hasta la cintura por la curvatura que le empezó en el cuello y le bajó por la espalda y se tensó hasta la concha y ahí acabó, se aflojó en un charco sobre mí, se volcó arriba mío, me abrazó, me dejó besarla, darla vuelta, apoyarle la espalda sobre la cama, abrirle las piernas y meter las manos en sus entrañas, rosas y coloradas como toda ella, saber de esa carne mojada y blanda y musculosa, lamerla, sentarme yo misma arriba de ella, sentir ese nuevo punto de apoyo para ese vaivén nuevo, mirarle la cara blanca, los ojos transparentes sobre el pelo rojo derramado en la almohada y, por fin, volcarme yo.

Piernas trenzadas

Cuando abrí los ojos, muy poco después, apenas nos habíamos dormido, estábamos enredadas con Liz, sus pelos colorados y los míos pajizos, su aliento caliente y un poco agrio y el mío que habría de estar parecido, sus tetas pecosas y grandes y las mías iguales pero chicas, las piernas trenzadas, nuestras ingles que no debían haberse separado en toda la noche a juzgar por la masa pegajosa que se estiró entre las dos, elástica, apenas me moví, cuando el cuerpo se me empezaba a frotar contra el de ella sin que mediara mi voluntad, como si tuviera sus propios planes, cuando la claridad que entraba por las hendijas de los postigos estaba hecha de rayos que atravesaban la penumbra y doraban todas esas cositas que flotan en el aire de las habitaciones que dejan entrar la luz de a poco, como filtrada, entonces golpearon la puerta para anunciar el desayuno. Se desayunaba temprano en la estancia, era, lo supe después, una costumbre militar lo de levantarse a la madrugada, más allá de las actividades o inactividades que impusiera la jornada. Un beso profundo, suficiente para que se me anegaran hasta los pies, fue el saludo de Liz y huí a mi habitación para vestirme y salir por la puerta que me había sido asignada.

El coronel nos esperaba en la galería con dos chinas, una le servía el mate, la otra pastelitos, esa maravilla de la pampa, una especie de flor con muchos pétalos o estrella con muchos rayos y corazón de dulce de batata, ya me enseñaría luego esa misma china a cocinarlos. Hernández se veía gris claro y nosotras de una palidez extrema. El estanciero estaba avergonzado o eso parecía: no nos hablaba, sólo profería insultos a las chinas de mierda que querían quemarle la lengua con ese mate hirviendo y con esos pastelitos que rellenaban con brasas las indias idiotas, idiotas o asesinas, o las dos cosas, que también pueden ser. No nos miraba tampoco hasta que Liz le tocó una mano, Coronel, how are you feeling this morning? We all ate too much yesterday, we were sick during the night, y el viejo se animó, la miró, le tomó la mano, se la besó y se largó a hablar sin la furia de un momento antes y sin la solemnidad de la noche anterior, se ve que era uno de esos solemnes de alcohol el estanciero, porque el alcohol tiene a sus ceremoniosos así como tiene a sus tiernos y a sus pendencieros y pueden ser todos la misma persona según van pasando las horas, bien lo sabía yo por mi marido y sus borracheras que habrían de volverse legendarias cuando sus cantos empezaran a escucharse en bocas que no eran la suya y en pagos que él no había pisado nunca, como sabría en el mismo fortín de Hernández. M'hija, sí, comimos too much y es too much también la alegría de tenerla acá, comamos estos huevos, este queso, este pan y tomemos el té de hierbas sanadoras de esta tierra buena y salgamos luego a caminar en el aire de esta pampa que cura. Aunque también enferme, mire lo retrasadas que salieron las indias boludas estas que ni un mate saben cebar.

El sol todavía estaba suave cuando salimos atrás de él y de las chinas que llevaban la pava y los pasteles como si fueran parte de su cuerpo o más bien al revés, ellas eran parte del cuerpo del mate y la comida, un apéndice de las cosas que necesitaba el coronel. Las sombras todavía eran largas y todos los verdes del campo, y el campo mismo, parecían brotes tiernos aunque ya casi nada brotara, me sentía tan viva como un animal, como mi Estreya que corrió hacia mí con la alegría de cada mañana que era, para mi perrito, alguna especie de proeza o de triunfo, ninguna certeza. Me sentía, también, un poco desgarrada, como si haber separado mi cuerpo del de Liz me hubiera abierto una herida: no podía alejarme de ella más que algunos pasos y sin embargo, o tal vez por eso mismo, verla tan ella, tan entera sin mí aunque tampoco se alejara, me hacía doler, me llenaba de miedos.

Con mis sufrimientos de amante acabó un muro de gauchos que parecían lustrados como botines británicos, bruñidos como las copas de cristal de Bohemia del coronel, gauchos destellantes diría de tan limpitos y peinados y elegantes: afeitados, con el pelo hacia atrás, juraría que perfumados, vestidos con bombachas marrones, camisa blanca y alpargatas negras. Así como me había sorprendido saber que los indios pudieran ser heroicos allá en la carreta, me dejaron sin habla, fue una revelación casi, que los gauchos pudieran ser tan pulcros y atildados, se me escapaba que yo misma había pasado de china a lady y de lady a young gentleman. Esa danza que ejecutaban según los gritos del capataz tenía dos partes, ¡Uno! ¡Dos! ¡Uno! ¡Dos!, como una especie de música miserable, una música de obedecer. Los gauchos, boca abajo, cada uno sobre una tela blanca, levantaban y bajaban sus cuerpos rígidos, se volvían tablas y se sostenían con la sola fuerza de sus brazos. Gym, dijo Liz, this is great, you're a modern lord. Flexiones era lo que hacían, con una sincronización que yo sólo podía comparar con la de algunas bandadas de pájaros, las del caserío, se tramaban los pájaros como si fueran uno hecho de muchas partes separadas, me gustó desde niña mirarlos y me sigue gustando y los pájaros se siguen tejiendo como si no hubiera cambiado nada en el mundo. Aunque mirar a esos gauchos no estaba tan segura de que me gustara. Cuando terminaron, se pararon a la vez, enrollaron las telas hasta volverlas una tira pequeña, se las colgaron de una alforja del cinturón, se formaron uno detrás del otro conservando la distancia del largo del brazo y comenzaron a trotar en círculo. Era una especie de baile sin gracia la gym. Por fin los gauchos se pararon, abrieron un poco las piernas, las conservaron rectas e inclinaron el torso hasta que pudieron agarrarse los pies con las manos. Lo hicieron muchas veces, hasta que el capataz ordenó Descansen.

¡Buenos días, hermanos gauchos!, gritó el coronel. ¡Buenos días, hermano patrón, Dios lo bendiga con una larga vida!, contestó el coro viril de los muchachos formados en cinco filas de veinte, de los más bajos a los más altos. ¡Hora de declamación, mis gauchos! ¡Señor, sí, señor!, y con los brazos pegados a los costados del cuerpo, las piernas juntas y rectas y el mentón apuntando al cielo, tronaron:

Al que es amigo jamás
Lo dejen en la estacada,
Pero no le pidan nada

Ni lo aguarden todo de él
Siempre el amigo más fiel
Es una conduta honrada.

Los hermanos sean unidos
Porque esa es la ley primera
Tengan unión verdadera
En cualquier tiempo que sea
Porque si entre ellos pelean
Los devoran los de ajuera.

Hermanos gauchos les digo
Que ustedes son mis amigos
A mí no me pidan nada
Somos patrón y peonada
Las caras de una moneda
Como el revólver y el tiro.

Como la indiada y los pingos,
Como la Patria y la estancia,
Igual que flor y fragancia:
Todos tiramos del yugo
y hacemos el país juntos;
nos forjamos un destino.

Liz se paró y aplaudió casi bailando, hizo flamear los volados del vestido blanco y primoroso que se había puesto esa mañana; le había encantado la demostración gauchesca. Cuando se cansó y volvió a sentarse, se paró Hernández, se sacó el sombrero, dijo Señor te agradecemos estos dones que nos has regalado, te pedimos por una buena jornada de trabajo y arrancó: Tata nuestro, que estás en el cielo, santificamos tu nombre, hacé tu reino en la estancia, que se haga tu voluntá en esta tierra y su cielo, danos hoy el pan de cada día y perdoná nuestras deudas así como nosotros perdonamos a nuestros deudores y libranos del mal, amén.

¡A trabajar, hermanos!, ordenó y partieron en grupos separados los gauchos. Hernández nos contó que lo que habían recitado los gauchos eran unos versitos que había escrito él en una época aciaga que había pasado escondido en un hotel en la Avenida de Mayo de Buenos Aires, la conocería a la ciudad del puerto y vería entonces la avenida con sus luces y sus bares y su teatro y sus casas españolas. Bueno, la primera parte de esos versitos, que contaban la historia de un gaucho forajido, las había escrito ahí, cuando había entendido lo que había que entender: el gaucho era larva y malo porque no tenía educación en las estancias en las que estaba encerrado y porque los de la ciudad se abusaban de los campos y eran más parásitos que los mismos gauchos.

Lo que habíamos escuchado era de la segunda parte, cuando ya había recuperado su rango y se había internado en Tierra Adentro con sus propios soldados, que aprendían a ser labriegos y vigías, arrieros y tiradores, artilleros y veterinarios, caballería y domadores. Una tarea dura la suya, la de hacerlos hombres de su siglo, una labor educativa que pocos entendían. Muchos decían que no había que ahorrar sangre de gaucho pero él sí que la ahorraba: consideraba a cada gaucho tan parte de su hacienda como era cada vaca y no dejaba que se le muriera ninguno sin razón. Hasta había escrito esa continuación de sus versos, ese librito constructivo nos explicaba, un manual para educar a la peonada, para que entendieran bien que eran, ellos, los peones y el patrón, el coronel y sus soldados, una sola cosa. Y que no iba a haber otro país más que el que labraran para los coroneles y los estancieros, que, como él mismo, había que hacer de todo en una nación naciente, eran más o menos la misma gente.

Mirá, mirá, subí acá conmigo, darling querida —el mate se cebaba con un poco de caña cerca del mediodía para abrir el apetito—, y empezó a trepar el mangrullo Hernández, lo seguimos todos aunque le hablaba sólo a Liz. Una vez arriba, abrió los brazos con gesto soberano, abarcó todo el horizonte dando una vuelta como de dama en minué, con pasitos graciosos, impensables para su corpachón, y siguió: ¿What can you see? Nothing but my work. There are no cities, no people, no ways, no other farmers, no culture. There's nothing here, mi querida. ¿Y qué te creés vos que podrían construir estos solos? ¿Qué construyeron? ¡Taperas sin más arte que los esqueletos y cueros que les meten adentro! Son de tierra, milady, iguales a la tierra, se hacen de lo mismo que comen y no salen nunca del barro del principio y del final. Tengo que estar yo, tenemos que estar nosotros, que los necesitamos, claro, a ellos, pero que podemos cambiarlos por otros. A mí no me cambia nadie, vendí un millón de libros, libré 36 batallas, cultivé tanto y tan lejos que no te alcazarían los ojitos esos lindos que tenés para ver todo. Dame otro mate, china de mierda, qué, estás dormida vos, cargalo bien, se lo tomó, empezó a bajar y un par de gauchos empezaron a subir, creo yo que para amortiguar con sus propios cuerpos la caída en el caso de que se les cayera el coronel.

No se les cayó. Liz se veía fascinada, lo miraba con algo que parecía amor y que a mí me hacía difícil respirar. Salimos a pasear, el viejo del brazo de Liz y Rosa y yo un poco más atrás. Me empezó a contar sus desgracias con furia. Él también se había bañado con jabón: en esa estancia los gauchos se bañaban todas las noches antes de comer. Dormían en la cocina, alrededor del fogón, todos los solteros; no los dejaban ranchar solos para evitar el vicio. ¿Qué vicio, Rosa? Ya sabés, vos me entendés, no, cuál, de dormir juntos dos machos o de buscar chinas y después no servir pa'trabajar porque a este patrón le gusta nada más que le trabajen y estén limpios y le aprendan a leer y le vayan a misa. No deja hacer fiestas ningún día que no sea sábado y eso con caña hasta ahí nomás y vos ves lo q'él chupa. Ninguno puede tener más de una novia. Tienen que levantarse cuando suena el clarín, limpiarse, vestirse, desayunar y salir a la ginasia y después a trabajar cuando toca otro clarín. Hacen trabajos diferentes, algunos ni siquiera son de gaucho: forjar el hierro, tallar la madera, moler el grano, eso vaya y pase, pero cultivar flores y frutas, hacer el pan, arreglar zapatos, coser camisas, eso es trabajo de china, Jose, y, claro, también sembrar el trigo y el sorgo y los zapallos y las verduras, los obliga a comer verduras el patrón, y después pelearles todo lo que han cultivado a los bichos que se los comen como pumas a las liebres y encima las heladas, las lluvias con piedras. Es como estar en una guerra ser un agricultor, me explicaba Rosa, confirmado en su propósito de ser un ganadero y ninguna otra cosa.

Apuré el paso, Liz y Hernández charlaban bajo un árbol de hojas rojas, sentados sobre una tela clara en la que había frutas, agua, queso, pan y vino. Un picnic era eso. Él le explicaba su propósito: era más que una estancia, era una ciudad moderna lo que estaba construyendo con su obra lenta, el proceso que le hacía atravesar al gaucho desde que llegaba a la estancia fortín hasta que se volvía parte. Primero le tocaban los trabajos más duros, como cavar la fosa que empezaba a rodear la estancia no tanto porque el coronel la creyera especialmente útil sino porque necesitaba acostumbrar a los hombres nuevos al trabajo, cansarlos para que de noche se desmayaran antes de emborracharse y entonces no tener que castigarlos, hay que tener la cabeza muy fría para saber tomar, acostumbrarlos a levantarse y acostarse a la misma hora, acostumbrarlos a los ciclos de la industria y a la higiene. Además, era un ritual de iniciación, casi una yerra era la fosa, una marca: a partir de ahí, empezaba una vida nueva. Los hacía cavarse su propia fosa, su frontera, su antes y después. Era el primer paso para sacarlos de larva. Luego comenzaban a asistir a los ya expertos en las tareas diversas. Y estaba la escuela. Los que estaban desde hacía más tiempo ya leían y escribían. Hernández les dejaba la Biblia porque la religión enseñaba algunas cosas buenas como la monogamia. Y la obediencia al Señor. And you are the Lord, aren't you? le preguntó Liz y los dos se rieron y yo tuve la primera fisura de una fe que me había nacido hacía poco. No me importó, si la vida iba a depararme más noches como la anterior no necesitaba ningún dios, resolví tan temblorosa pero feliz como estaba.

Hubo que conquistarle una tierra a la patria, siguió explicando Hernández los huesos que rodeaban su estancia, no nos la cedieron gratis los salvajes. Y ahora le estamos conquistando una masa obrera, ya ve a mis gauchos. Y sí, se los veía. Los casados tenían sus casitas con más de una habitación, no podía yacer junta the whole family, decía Hernández y hube de darle la razón. ¿A todos les gustaba? No, algunos entraron en razones a fuerza de estaca, otros de cepo, varios de unos cuantos latigazos y algunos se escaparon y nunca más volvieron, hartos de la falta de sus cañas diarias y de no tener su propio dinero. ¿No les paga? No, invierto ese dinero, que rara vez llega, en la maestra, la escuela, la capilla y las casas de las familias nuevas. Y en mi hacienda y mi casa, también: son el comando general de la estancia, la punta de lanza de la nación, el progreso penetrando el desierto.

Unos Habsburgos retacones y negros

Lo que nos mostraba Hernández era el hombre del futuro: él mismo era uno de ellos, yo camino de hierro, yo fuerza de vapor, yo economía de las pampas, yo simiente de civilización y progreso en esta tierra feraz y bruta, nunca antes arada, apenas galopada por salvajes que parecen no tener otra idea de la historia que la de ser fantasmas y ladrones, un humo triste sin más letras que las de ir y venir sembrando vandalismo; parecen flotar sobre la tierra, si no fuera porque roban y queman lo que el trabajo del hombre blanco les pone por delante, uno diría que no existen, que son tan leyenda como El Dorado que buscaban nuestros ancestros. Los gauchos, que suelen ser una mezcla de indio y español, no heredaron de sus abuelos europeos ni siquiera el sueño del oro regalado. Ni de los indios ir y venir livianos como si fueran liebres. Nada. Fueron buenos soldados de la Patria, eso sí, son valientes los gauchos, pero ya no hay más guerra que la de conquistar la tierra metro a metro con las armas lentas de la industria agropecuaria. Y ahí no hay nada que les interese. No tienen noción de construcción; viven en ranchos putrefactos, todos amontonados. No conocen tabú; si no se acuestan con la madre es porque les gustan mocitas, aunque ni de eso se puede estar seguro, yo tuve tres, no, no, miraba su libro de contabilidad, cuatro casos de amancebados con la madre: había que ver cómo les salían los chinitos, medio enanos, chuecos, con los bracitos flacos, hasta prognatismo tenían los hijos-hermanos de uno, unos Habsburgos retacones y negros y analfabetos y desdentados desde los trece, eso me dieron, para eso les di comida, trabajo y escuela a los animalitos esos, se carcajeaba el coronel. Y hube de educarlos con métodos severos porque donde no hay escuela la letra con sangre entra, y a veces también donde hay. ¿La vieron a Miss Daisy? Me traje a una de las gringuitas de Sarmiento para que les diera las clases y apenas tres o cuatro aprendieron algo, los demás, ni a escribir mamá en un año entero. Y la violaron de a cinco, le pegaron con el rebenque hasta hacerle saltar uno de esos ojitos celestes como el cielo manso, le hicieron caer tres dientes y le dejaron media cabeza sin cuero cabelludo. La había visto pasar, sí, una gringa renga y tuerta y medio pelada y sin dientes. No pregunté las causas de la renguera, para qué. A esos también los mandé a la otra escuela y tengo que reconocerles la iniciativa de mejorar la raza: los guachitos medio gringos me salieron mejores trabajadores; hay que decirlo todo, todo hay que decirlo, decía Hernández mirándola a Liz con ojos tan libidinosos que parecía tener una pinga de perro alzado de cada lado de la nariz. La gringa es dura, estuvo en cama una semana y supo insistir en seguir siendo su maestra, pidió por sus vidas, imaginesé, milady, estaba admirado yo por su piedad. Apenas pudo pararse, salió una madrugada para donde estaban encerrados los gauchos por cuya vida había llorado en mis brazos. Había que verla cómo había cambiado en unas horas, en menos de lo que dura una noche, de esos ojos celestes mansos le quedaron un tajo de un lado y una fuente de odio del otro, de hielo eterno le quedó el color, ni siquiera celeste es ya, da miedo, fíjesé cuando la vea. Los sacó de la mazmorra, ordenó que los estaquearan a los cinco. Armó con ellos una estrella de carne y la puso a asarse al sol, horas después, como catorce, era pleno verano, les hizo tirar unos baldes de agua y les dio de beber mientras atardecía, en el cielo las nubes rojas, hinchadas, parecían garrapatas, miles de garrapatas arracimadas ahí contra el naranja y el violeta caliente que empezaba a adivinarse y deberíamos habernos dado cuenta por eso mismo pero no, los gauchos le pedían perdón, miss, perdonenós, fue sin querer, es que usté es tan linda y habíamos tomado mucha caña, miss, nos queremos casar con usté los cinco, ser sus siervos, perdonenós. Miss Daisy ordenó que les dieran de comer, una papilla y un poco de caña les hizo dar, los gauchos se esperanzaron, gracias, miss, gracias, toda la vida se lo vamos a agradecer, miss, incluso se sonreían alentándose, y la miss los miraba sin decir nada desde esa nada helada de su ojo vacío y de su ojo todavía lleno. Se sentó en el centro de la estrella de varones, se hizo traer una rama gruesa y un cuchillo y ahí estuvo, afilándolo al palo mientras ellos la miraban cada vez menos capaces de articular palabra, cada vez más pálidos, cada vez más sollozantes y sollozaban alrededor sus madres y sus chinas, sus hijos y hasta sus caballos parecían llorar viendo lo que se les venía encima, la furia de Miss Dasiy desatada. A mí mismo me empezó a flaquear la determinación de permitir el castigo de la gringa; hay cosas que no se le hacen a un hombre, sea cual sea su crimen, pero le había dado mi palabra de que respetaría la suerte que ella eligiera para sus agresores. Creía que elegiría la piedad: ¡cuánto se puede equivocar un hombre aun cuando peina canas! Los otros amagaron con defenderlos, tuve que interponerme con mi escopeta y se interpuso mi cuerpo entero de oficiales, los once con las armas en la mano tuvimos que intervenir, fue lo más cercano a un motín que hubo nunca acá en La Hortensia y qué querés que te diga, no quemé a un par de un tiro porque tenían razón los gauchos. Se quedaron quietos hasta que la gringa se cansó y se volvió a su lecho de convaleciente. Entonces nosotros bajamos las armas y ellos fueron a rescatar los cuerpos, encastrados en su propia mierda y su propia sangre seca, hubo que arrancárselos a la tierra para limpiarlos antes de devolvérselos, limpios y blancos y fríos como nunca habían sido, como les hubiera convenido ser para no terminar como terminaron por negros calentones. Yo también lloré esa noche.

Liz movía la cabeza afirmativamente mientras él hablaba, le apoyaba de vez en cuando la mano en uno de sus brazos, le decía hero y you're a patriot, y le seguía llenando el vaso porque si el coronel tenía pingas donde otros tienen los ojos también tenía diez camellos donde los demás tenemos la boca, un destino casi era esa boca, un charco de whisky donde se le ahogaban todas las pingas. Bien llevado, decía Liz, era un hombre muy fácil Hernández. Que qué había hecho con los degenerados y sus madres, le preguntó. Les estoy haciendo entrar la letra en la parte dura de la escuela, la que les venía contando, la que viene con sangre, la de Miss Daisy, que se encarga de las dos escuelas pero me está pareciendo que con el terror que les da no me van a aprender nunca nada los negros estos. ¿Y dónde está la otra escuela? Ahí atrás de esos árboles, señaló un llano sin siquiera arbustos Hernández, gritó, apareció uno de sus gauchos limpios y peinados para atrás, le ordenó que llevara a las señoras, se rió el gaucho y se rió él y yo saqué el facón y me dijo no, no, mocito, si no es con usté, es que su hermana vale por dos, y nos mandó a pasear a la escuela de los díscolos.

Ahí reinaban la rubia y sus mellizos bastardos, que le habían salido feroces y bastante blancos y justamente por eso, porque no era suficiente nada que no fuera como la madre y como juzgaban que así hubieran sido ellos de no ser por los cinco finados como estrella sangrienta y mierdosa, odiaban a los gauchos, querían volverse a los Estados Unidos con su madre y ser cowboys en Minneapolis, let's go back home mummy, decían como si hubiera para ellos algún back fuera de la estancia de Hernández.

Guasca y rebenque

No nos estaba vedada ninguna puerta, todo se nos mostraba con orgullo de fundador. Estirados y resecándose como un cuero al sol, la piel cuarteada, los ojos cerrados, la cara torcida del dolor: así estaban los gauchos del Campo Malo, el sector que Hernández les reservaba a los descarriados. La muerte era, en principio, para los desertores y los asesinos, las faltas mayores que se podían cometer en Las Hortensias. Todo lo demás, incluyendo el robo, era considerado un delito menor, castigado con la estaca, el cepo o con nudos de maniador mojado. Lo que no se podía hacer era partir. Ni matar: a los asesinos los esperaba la muerte dentro del cuero de una vaca recién muerta, pena que llamaban el matambre. Lo envolvían al vil, lo cosían y lo dejaban a la intemperie: lentamente los apretaba el cuero, que cuando se seca asfixia, hora tras hora bajo el sol, hasta matarlos.

Después del castigo, cuando el castigo no era la muerte, cada gaucho era embutido en un nicho de cuero y tierra con nudos de enlazar en las manos y las patas, como reses boleadas los tenían para que no se pudieran tirar a dormir los damned idles, nos explicaban sus métodos los daisitos que no tenían más de 15 pero eran tan feroces como su mummy: les cerraban los ojos y las bocas con tientos de caballo, los tiraban ahí en la tierra misma, les tajeaban los cuerpos a rebencazos, eran unos bultos rojos de sangre y negros y azulados de tanta mosca que no se podían espantar y así los tenían porque they do not want to learn, los metían ahí en los nichos de castigo después de su día de cepo o de su día de estaca y los dejaban su semana de penitencia para que recapacitaran y los largaban y se iban, por ejemplo, like this stupid nigger, le pateó el daisito más alto la cabeza a un gaucho despellejado, en carne tan viva que dolía mirarlo, corriendo a lo de la mamá, a que le diera la teta la puta bruta esa que era his mother and his wife in the same body. Y tuvimos otros, un par se nos escaparon, uno bien vago que cantaba en vez de trabajar y que se aprendió las letras para escribir lo de él y que después anduvo diciendo que el patrón le robaba sus estrofas y le dimos guasca y rebenque y le volvimos a dar y él meta porfiar en que eran suyas las canciones y ya lo teníamos casi listo para la doma, ya sabe, milady, un caballo para las patas de adelante, otro para las de atrás, y hacerlos correr uno para Tierra Adentro y el otro para Inglaterra pero se nos escapó el muy larva, se ve que es gusano nomás porque se salió de las sogas que lo ataban. No importa, ya lo vamos a cruzar o no, qué nos importa a nosotros ese indio de mierda y todos estos indios de mierda decían y los escupían y había algo de amenaza y algo de jactancia en lo que nos mostraban y yo no podía querer más que irme de ahí, que dejar de escuchar las súplicas que les salían en los alientos flacos a esos casi muertos. Liz los felicitó, les dijo que si fuera su madre estaría orgullosa de ellos, good boys, trabajadores y tan ingleses en sus modales. Quedaron encantados los daisitos; dejaron de pegar y de putear un rato y nos escoltaron hacia la puerta del Campo Malo.

En el resto de la estancia, ¿the good countryside?, el trabajo parecía darles felicidad a todos. Es un tejido el mundo, empezó Liz: lo que acá brilla es como una trama que se luce sólo porque tiene una urdimbre de carne y sangre, la del Campo Malo, y así ha sido siempre y así ha de ser hasta que todos sepamos nuestra parte en el telar. En esta trama, los gauchos y las chinas, que no hacían gimnasia porque a esa hora les tocaba darles el desayuno a las criaturas, trabajaban con esmero desde las ocho de la mañana hasta las ocho de la noche. Cantaban: "Acá está la bandera idolatrada,/ la insiña que Belgrano nos legó,/ cuando triste la Patria esclavizada/ con valooooor sus vínculos rompió" y hacían los trabajos por partes. Quiero decir que nadie hacía un trabajo todo entero, nadie terminaba lo que empezaba. Las lavanderas, por ejemplo, estaban sentadas al borde de grandes piletones: las primeras mojaban y enjabonaban las prendas. Se las pasaban a las que seguían, que las restregaban con cepillos. Estas, a su vez, a las enjuagadoras. Y, finalmente, llegaban a las colgadoras morenas las camisas blancas como soles de mediodía. Lo mismo con la forja: uno alimentaba el fuego, otro calentaba el metal hasta que estaba a punto, otro le daba la forma deseada y lo metía en agua y otro lo sacaba listo y mojado y lo ponía en unos estantes. Vi hacer cientos de herraduras en un solo día con esa fórmula: le quería inventar una velocidad nueva a la pampa el coronel, conocía Inglaterra y Estados Unidos y quería para los argentinos algo del furor de la fuerza anglosajona. La forja era cosa de hombres y los hombres cantaban otras cosas mirando fijo a las chinas cuando el capataz no estaba cerca: "La sapa estaba tejiendo/ Para el sapo un gran bonete,/ La sapa que no se descuide/ Y el sapo que se lo mete".

Esa noche otra vez el coronel dio gran cena y cayó demolido por el vino. No había terminado de chocar con la mesa la cabeza del patriarca cuando Liz saltó de su silla y me llevó hacia su cama casi a los empujones. No es que yo opusiera resistencia, sólo quise inquirir, entender qué le pasaba, había sido tan distinta en toda la travesía, Oh, you like it, don't you? me cortó, me dio el último empujón, reboté contra la cama y me empezó a sacar la ropa con una premura tal que más bien parecía que estaba apagando un incendio. Se sacó también la de ella y siguió con mi educación: esa vez empezó suave, me acarició todo el cuerpo por delante y por detrás, con las manos, con la boca, con la lengua y la nariz y también usó las tetas para meterlas adentro de todos mis agujeros. Me dejaba sin palabras, ella que me había enseñado tantas en el cruce del desierto, adentro de la carreta, en el fogón, abajo de los ombúes o con las cañas de Rosa. Golpearon las chinas y pasaron, yo me escondí, llenaron la bañera de agua hirviendo, Liz les pidió té, se lo trajeron y ya no volvieron y me volvió a agarrar y me metió en el agua y se metió ella también y entonces me hizo algo que nunca me habían hecho: me puso de espaldas, me hundió las tetas en los omóplatos, me mordió fuerte la nuca, como una perra transportando a su cachorro en un arroyo, no me soltó, con una mano empezó a acariciarme los pezones, con la otra la concha, me abrió el culo, se apoyó, agarró mi mano, me enseñó a tocarme, me chupó los dedos, me los apoyó en el clítoris, usó mi mano como si fuera la suya hasta que tomé mi propio ritmo, me abrió más el culo y me penetró con su puño mientras me mordía más fuerte y me apretaba más las tetas. Yo dejé de tocarme, me agarré de la bañera con las dos manos, me dejé llenar de ese placer nuevo, más punzante, un placer hecho de agujas y picotazos, me hizo bramar como un animal entre sus brazos, acabé por el culo, le juré amor eterno y se la chupé hasta que me ahogó.

That strange gaucho who believed he was a writer

Oh, please, tell us about that strange gaucho who believed he was a writer! The one who runned from you, arrancó a hablar Liz durante el desayuno luego de los saludos de rigor, cada vez menos rigurosos para mi delicia y para mi espanto: me había despertado casi ahogada antes de que entrara el primer rayo de sol con ella restregándose contra mi cara, ah, la concha de Liz en mi boca, el enchastre sincopado con la respiración, me hizo tomar el aire y largarlo a su ritmo como si me estuviera domando, me estaba domando me diera cuenta o no, qué mayor doma que lograr que el animal respire cuando vos querés sin rebelarse, y ahora estaba a los besos con el coronel, tan grisáceo él por la mañana y sin embargo de pie apenas amanecía, un domador era también Hernández, un domador de resacas capaz incluso de destellos de alegría cada vez que ella lo miraba o le hablaba o se dirigía a él de cualquier modo. ¡Te das cuenta, darling! Hay chispas de genialidad acá en el campo, siempre lo digo yo cuando me preguntan cómo es el pueblo de la llanura: un gaucho casi analfabeto, algo aprendió acá con Miss Daisy, dice que yo le robé sus cantos. Oh, yes, a really weird man, isn't he? Sí, sí, aunque algo de razón tiene: yo no le robé, pero cuando lo escuché cantar lo hice dejar el arado para que me entretuviera a la peonada mientras trabajaba. You're a really generous man, Sir. Si vos lo decís, gringuita, debo ser, la verdad es que me di cuenta de que se ponían más contentos y un jefe, un coronel como yo, un estanciero, tiene que saber manejar a su tropa, darles alegría también, no todo puede ser palo y palo, especialmente cuando ellos son mil y mi milicada de verdad, mis oficiales y yo, digo, somos veintiuno; si cuento a los gauchos convencidos del progreso seremos doscientos. Preferiría no verme en la situación de tener que probarlos mucho, que en la pista se ven los pingos y yo prefiero que estos no me corran, los tengo que enraizar, ¿vos me entendés? Los tengo que hacer de esta tierra, tengo que hacer que la sientan propia. Y un poco de ellos es: siempre es un poco propio lo que se trabaja. Not always. Dije un poco, rubia, no te asustés que no me agarró el comunismo, esa peste que nos quieren traer de Europa todos esos paisanos muertos de hambre que nos llegan como langostas, como nuestros abuelos trajeron la viruela y nos allanaron, dejame que me ría, por favor, gringa, es todo tan chato acá, nos allanaron un poco el camino. Imaginate, darling, que un día se van a dar cuenta de que nos ganan a muerte con la cantidad que son y aunque saben, porque saben, tontos no son y algunos han vivido bastante, que atrás de nosotros está el Ejército Argentino, que también son ellos aunque menos que nosotros —acá todos somos todo pero no del mismo modo, algunos somos completamente y otros en parte, yo no sé si estoy siendo claro—, hasta que llegue el primer batallón nos pasan a todos a degüello como les gusta hacer si se les da la oportunidad, los vieras cantar mientras el casi finado resfala, les gusta decir así a ellos, en su propia sangre. Así que le di trabajo de artista al gaucho writer y yo a veces lo escuchaba y hay que ver los versitos que se armaba el bruto: era, dejame decírtelo así, un poeta del pueblo la bestia esa. Algunos de sus versos puse en mi primer libro; no andaba del todo equivocado. También le puse su nombre en el título, Martín Fierro se llama la bestia inspirada esa, capaz de estar inventando coplitas doce horas por día es, vicioso cómo el solo aunque capaz. No entendió nunca lo que yo hice, tomar algo de sus cantos y ponerlos en mi libro, llevar su voz, la voz de los que no tienen voz, inglesa, a todo el país, a la ciudá que siempre nos está robando, Buenos Aires vive de nosotros, de lo que nos cobra por sacar los granos y las vacas por su puerto. Y de no dejar que hagamos otro puerto grande en ninguna parte.

Siguió Hernández con el puerto, los impuestos, el latrocinio, ese nosotros de los estancieros y gauchos aglutinado porque compartían el mismo suelo y también la presión de los porteños y la guerra de los indios, "no hay ningún nosotros si no hay otros", dijo en un momento y yo tenía ganas de sacar mi cuadernito y tomar notas, no era tonto el coronel, me sentía aprendiendo como me había sentido aprendiendo en la carreta con Liz, como si me sacaran vendas de los ojos, llegué a creer que tenía tantas vendas como una momia egipcia, esos cadáveres envueltos en telas y metidos en pirámides, unas tumbas gigantescas que se habían hecho miles de años atrás ahí en la arena del norte de esa África de jirafas y elefantes, y también temblaba de ganas de pegarle con un palo en la cabeza y de salir corriendo de ahí para cualquier lado.

Reconocía los versos, eran de mi marido y si eran de él, a mí también me había robado Hernández. Y a mis hijos. Sentada como Joseph Scott, al lado del estanciero, fui una señora estafada esa mañana; supe que me había robado el coronel algo que era mío y que sería de mis hijos, me sentí propietaria por primera vez en la vida, le había visto la gracia a ser dueña ahí en la estancia, y me supe vejada. Decidí que no me iría con las manos vacías del fortín: haría justicia. Y saberlo cerca, estar en la misma huella de Fierro, me hacía temer encontrarlo y que me devolviera al lugar de donde había salido, su lado, en la tapera. No tenía que temer eso, se había fugado la bestia, era un desertor ahora, no podía volver a la estancia; podía tomarme o intentarlo, escuchar su nombre me había fortalecido en la decisión de seguir vestida de varón y no largar nunca más la escopeta aunque también quisiera, había entendido bien, se vendían y se compraban los libros, mi dinero, pero no podía ir de vuelta a la tapera. No a la misma tapera y menos con él. Y el viejo con los impuestos del puerto y el bien común y la pregunta por la patria, ¿cómo puede crecer una patria si se pena, si se les roba a los que la hacen crecer? seguía Hernández y me hacía ir y venir de mis propios pensamientos, quién la hace crecer, me preguntaba, qué son y para qué sirven los impuestos, y el viejo seguía, volvía a Fierro, contaba que le decían El Gallo hasta que le dejaron de decir, se empezó a carcajear Hernández, le cambiaron el nombre apenas le conocieron los vicios a Fierro. ¿Sabés cómo le empezaron a decir, Liz? Y perdoname por decirlo, no quiero ser grosero, pero es la verdá y la verdá no acepta calificativos, la verdá no es linda, ni fea, ni federal, ni unitaria, ni buena, ni mala, ni gorda, ni flaca, ni porteña ni del campo: es verdá nomás, ¿no te parece? Bueno, la verdá de El Gallo es que era bien Gallina y así le empezaron a decir acá. No por cobarde, que tenía el facón listo para cualquier eventualidá, todo el tiempo batiéndose quería estar el gaucho cantor, sino por, cómo decírtelo, bufarrón sería la palabra en español, ¿faggot es en inglés? Lo vieron a los arrumacos con otro negro como él. Les di estaca a los dos pero soy grande y conozco mundo: a esos putos no hay estaca que los enderece.

Liz y el coronel se habían hecho dueños de mi aliento: primero hube de respirar cuando la calentura de ella, que la hacía llenarme y vaciarme la boca en su danza ondulante, me dejó. Y después, según lo que Hernández decía, me acercaba o me alejaba de la tapera y de una bolsa llena de monedas. No podía saber si era cierto, yo lo había tenido a Fierro encima mío lo suficiente como para saber que tan puto no era. Bien mirado, él me había tenido a mí y yo misma había estado horas antes abajo de una concha que me dejaba sin aliento si se le antojaba. Esa distancia, esos gustos nuevos que habíamos conocido el padre de mis hijos y yo, me alejaban de la tapera. Debo haber suspirado fuerte porque Hernández me miró y se rió. No te asustés, mocito, que no es contagioso, ya vas a ver mundo vos también y no te vas a asustar de nada de lo que la gente puede llegar a hacer en la cama, perdoname gringa que lo diga así, vos sos una mujer casada, tampoco te vas a asustar tan fácil, ¿o sí? Liz se puso roja y el coronel, que ya le estaba metiendo pura caña al mate que le alcanzaban las chinas, empezó a disculparse aunque no llegó a ninguna parte porque Liz se fue corriendo. Él se quedó en silencio un rato, chupando la bombilla, con los ojos vacíos. Mirala vos a esta, perdoname, gringuito, ya sé que es tu hermana, me anda mostrando las ubres todo el día y después se pone colorada y sale corriendo por cualquier huevada. Las mujeres son como los potros, querido: hay que darles rebenque hasta que se den cuenta de que quieren ser mandadas, ¿sabés? Ya lo vas a aprender. Podés empezar acá si no empezaste todavía, tengo unas chinitas que están ricas como pastelitos recién horneados, nuevitas, yo no las pruebo a todas, algunas nomás, que soy un hombre grande ya y tengo que elegir bien qué bocados muerdo. Y siguió horas sin esperar de mí nada más que asintiera de vez en cuando, confirmándole que no estaba hablando solo.

Ponche y whisky

Ofendida, o más bien simulando ofensa, no lo sabía bien yo, Liz se le escapó al estanciero todo el día, lo dejó naufragar en su mar de caña al viejo que le tartajeaba disculpas, I beg your pardon, perdoname lady, uno se embrutece rodeado de brutos, qué querés que le haga, cada vez que la veía pasar para acá y para allá con alguno de sus oficiales que se escapaban a su vez de ella, temerosos del castigo que les podría echar encima el coronel si se sentía menoscabado. Así que así fue el día: ella corriendo de él y ellos esquivándole el bulto a ella y yo mirando todo sin entender demasiado, clavada ahí al lado del viejo, que me agarraba del brazo cada vez que amagaba con irme. En algún momento Liz se apiadó. No sé si de mí o de él, el alivio fue para los dos; se acercó a nosotros y le dijo al viejo que le estaba preparando una sorpresa con los oficiales. ¿Qué, gringa?, casi gritó él, an English dinner, you will love it. I will love everything if you are here, se mandó el viejo y quiso pararse y hacerle una reverencia pero se cayó de cabeza al piso, de cabeza clavada en la tierra, como se tiran los patos en el agua cuando ven un pez adentro. Oh, Coronel, caña is a very cheap drink, let me help you, claro, claro, claro que te dejo, decía él mientras un par de gauchos lo iban entrando a la casa. Agua y siesta, les ordenó Liz a las chinas que corrieron para llegar al dormitorio antes que el coronel desmayado y a upa de uno de sus hombres para entonces.

Liz se enseñoreó en la cocina: ahí estaba, con ese resplandor que tenía, esa blancura de fantasma y ese colorado de mazorca y tan tibia toda que era me hacía muy difícil dejar de estar pegada a ella, alejarme del ansia de hundirme en esa piel, de quedarme adentro de la isla caliente de su voz. No pude. Que nos íbamos pronto, que preparara las cosas discretamente, me ordenó, mientras traía uno de los barriles de whisky y los frascos de curry desde la carreta. Eso hicimos con Rosa y con Estreya, que nos seguía a todas partes con miedo, creo, había tenido que dormir a la intemperie, con los otros perros y estaba bastante mordido, pobrecito, el coronel tenía un lugar para cada uno y no había modo de que un perro entrara a su casa; como estaba fuera de escena me permití dejarlo en la cocina cuando terminé con mis mandados y hacerle mimos mientras me aullaba como si me hablara, como si me contara las desventuras que había tenido. Lo calmé con caricias y pedazos de carne, le prometí que nunca más iba a permitir que le pasara algo así, que siempre iba a dormir conmigo y efectivamente se durmió, panza arriba, entregado, con el cuello expuesto, me cedió el mando mi cachorro y Liz nos miró un rato con ternura hasta que me indicó que la ayudara. Tuve que pelar y cortar naranjas y limones, eran las frutas que había en Las Hortensias, hasta que casi se me cayeron los brazos. Estaba preparando un ponche: le habían traído las ollas de la milicia, gigantescas, se podría haber hervido a un cristiano parado en cada una. Caña y frutas, cuatro ollas para los gauchos, y otras dos de whisky y frutas y una ternera al curry con zanahorias y zapallo para los oficiales, eso había preparado Liz. Estaba segura de que iba a conseguir el permiso del coronel para que tomara también la peonada.

Y lo consiguió. Se puso un vestido azul y se dejó el pelo suelto: era una aparición. Y así habrá pensado el viejo cuando se acercó a su cuarto con café, agua y whisky. Le hizo tomar la jarra de agua recién sacada; le dio el café, le charló de vaguedades, le hizo jurar que ya nunca volvería a tomar caña, y él le juró, seguramente encantado de que a ella le importara su salud; le dio al final un vasito de su buen whisky escocés y el milico remontó y se dio por disculpado a cambio de permitir que hubiera fiesta para todos. Ella salió radiante y mandó poner la mesa con mantel, velas, cristal en la sala y la cocina, empezaron a sonar las guitarras de los gauchos: no era la bestia de Fierro el único con cantitos. Se acicaló la peonada como si fuera al palacio; nunca habían puesto la boca en el cristal de Bohemia, nunca habían tomado ponche, se bañaron, se peinaron, se afeitaron, se hicieron trenzas, se lustraron los zapatos hasta que más que botas de potro parecieron botincitos de Inglaterra. La milicada peló uniformes y medallas, perfume y sable encerado: parecía Navidad en la estancia, la vez que los patrones habían venido, el ánimo general era de fiesta feliz, esa felicidad que les da la abundancia a casi todos y especialmente a los que la conocen poco. Sobre el fogón de los gauchos estaban crucificadas diez vaquillonas enteras, en el de los oficiales empezaba a oler el curry y los gauchos y las chinas se largaron a bailar nomás largó la ponchada, que así dieron en llamar a la bebida de Liz, seguros de que un poncho es bueno y de que algo muy bueno bien podría ser como muchos ponchos. Les pareció algo tan lindo que no se les despegaron a los vasos hasta la clara alborada.

Liz tenía un plan muy sencillo, no me lo había dicho antes porque estaba convencida de que no sabía mentir yo: nos íbamos a ir de ahí los tres como habíamos venido pero no nos íbamos a ir solos. Nos íbamos a llevar a los gauchos más baquianos y a los que ya habían aprendido cómo había que trabajar: para la estancia que haríamos íbamos a necesitar herreros, floristas, gente capaz de entender cómo se hace un alambique, cómo una casa con piedras, cómo lograr que una vaca produzca su mejor leche y cómo hacer crecer frutillas incluso sobre la arena. Rosa los había medido y Liz había examinado sus trabajos. Llegamos tres y nos íbamos a ir con veinte más, la peonada antes y nosotros después. Habría justicia. Lo supe todo esa tarde, antes de empezar la fiesta, y me hizo tan feliz saberlo que no desentoné con el resto, que se iba perdiendo en una borrachera gigantesca. La peonada zapateaba, eso es digno de verse, con sus botas los gauchitos levantaron polvareda y las chinas con sus polleras la distribuyeron como el ojo de un huracán: hasta los críos bailaban, la cocina era un salón y los oficiales empezaron a emigrar de la sala del coronel, hartos seguramente de los sermones industriales de su sacerdote de la civilización, y se entreveraron con el gauchaje, borradas copa a copa las fronteras entre letrados y brutos, entre uniformados y chinas, entre pionada y milicaje. Rosa andaba por afuera de la casa, calentándoles el pico a los que hacían guardia, una copita nomás para que veás qué rica la ponchada y ahí estaban los soldaditos: cayéndose de los mangrullos como frutos maduros de los árboles.

Al atardecer había empezado la ponchada. A medianoche la casa misma saltaba metida en la nube de polvo que levantaban los bailarines. Un par de horas antes de la salida del sol, la nube todavía estaba ahí: la armaban cogiendo las chinas, los gauchos y los oficiales. Recuerdo una con un gaucho adelante besándola y metiéndole mano abajo de la pollera y un milico desde atrás sobándole las tetas y ella con las manos ocupadas, una verga tiesa en cada una, los miraba un gaucho chueco haciéndose la paja, una china que restregaba sus tetas contra la espalda del chueco, un negro bajito le apoyaba la poronga a la china en los muslos mientras otra le chupaba los huevos mientras otro le chupaba la concha mientras otra le lamía las tetas mientras todos seguían libando la ponchada y gemían, se fueron derritiendo los unos en los otros, como velas que arden juntas, hasta que se hizo difícil distinguir quién hacía qué con quién, eran una masa agitándose, enchastrada en su propio caldo de guascazos y charcos de china y muy pronto vómitos abundantes, terminaron desmayados más o menos para cuando salió el sol como flotando en una laguna con la compañía de los pedazos de vaca y las naranjas que se habían comido antes. En el salón quedaron sólo Hernández y Liz, tirado él en el piso, acomodándose el vestido ella. Era asqueroso el fin de orgía, pero hubimos de acostarnos también en el piso y salpicarnos del vómito estanciero. Horas antes habían salido nuestros veinte con veinte caballos hermosos de Hernández y las pocas monedas que habían podido manotear de sus salarios atrasados.

Perra puta so vo

El cuadro empezó a romperse cuando fueron despertando uno por uno milicos y pionada y coronel: se despegaban de a poco del magma de la resaca, iban rompiendo la fuerza que los había hecho uno horas antes no sin refalar algunos para volver a caer y volver a levantarse. Se agarraban la cabeza, lloriqueaban; Hernández no pudo más que abrir un ojo y volver al desmayo ceniciento en que estaba sumergido. Liz trajo agua y lo mojó, le dijo, ay, mi coronel, qué gran fiesta que tuvimos, venga, vamos a su pieza, you need to sleep in a bed, vamos, vamos, coronel, que yo lo he de cuidar.

¡Perra puta so vo, china de mierda! Los gritos llegaban de a poco, según iban recuperando la cabeza los primeros y empezaban a ver con quién, arriba de quién, abajo de quién, al costado de cuántos, se habían desvanecido sus esposas. Gritaban más ellos, las chinas menos, pero no faltaron los callate vos maricón que te vi bien anoche o hija de puta me robaste el marido. Cuánto matrimonio roto hubo ese día en Las Hortensias, cuántas criaturas llorando de hambre porque nadie se encargó del desayuno, cuánto perro huyendo con la cola entre las patas: empezaron a sonar las trompadas y las riñas, los hombres se cuestionaban la propiedad de las mujeres con el puño y el facón y las chinas la de sus gauchos con las manos nomás y todos a los gritos pelados. Se armó una nueva batalla: otro entrevero de cuerpos. Cayeron al suelo asqueroso algunos litros de sangre, cinco dedos cortados y tres muertos de puntadas. No hubo más porque uno de los oficiales pudo arrastrarse hasta el depósito de escopetas y tiró al aire. Después del estallido de la pólvora, un silencio triste se adueñó de la estancia. Nadie pudo hacer nada más que vomitar, pedir perdón a los demás y llorar hasta el día siguiente. Liz, Rosa y yo hicimos lo mismo, aunque la víspera de nuestra partida nos tenía felices: estábamos hartos ya de tanta simulación, de hablar con tanta gente, queríamos volver a nuestro mundo carreta, a la llanura limpia y enorme, a nuestras vacas y a los bichitos que emergían de la tierra por las noches. Yo sentía también una alegría rara, nueva, en el cuerpo: había besado a un par de chinas y al gaucho al que le habían gritado maricón. Me estaban gustando, era notable, los besos de las chinas y los gauchos putos. Lo tomé con calma. Estaba Liz y yo quería una vida entera junto a ella y no podía pensar entonces en el amor y la libertad juntos. Pero sentía alegría en el cuerpo, algo se me estaba rompiendo y era como meterse al río una de esas tardes de verano tan calientes en mi tierra que hierve el aire: no es metáfora, se retuerce al sol, deforma la visión de las cosas el aire ardiente.

Liz cuidó del viejo como si fuera su padre: se hizo acercar el sillón y ahí estuvo sentada alcanzándole la palangana cada vez que el pobre hombre lanzaba y dándole cucharaditas de té con whisky porque no hay mejor remedio que un poco del mismo veneno que nos enfermó. Lloró mientras se ocupó de Hernández y se aseguró de que él lo notara; pero no respondió a sus preguntas. Lo primero es que usted se recupere, Coronel, decía como una letanía y apenas masculló algo de ser una señora y deshonrar al marido y de extrañarlo mucho.

Esa misma noche dormí con mi Estreya, luego de ver cómo las chinas se arrastraban en la cocina tratando de arreglar los destrozos y los oficiales enterraban los cadáveres y dudaban, no sabían qué hacer con los asesinos. Se llevaron a los daisitos y a Miss Daisy, que se sentían tan mal también que ni para castigos estaban. Durmieron la mona en las celdas nomás esa noche, temiendo mucho el despertar del coronel pero no tanto como los oficiales cuando se dieron cuenta de que faltaban caballos y hombres y mujeres: mandaron una partida a buscarlos. Imagino que se habrán tirado a dormir unos kilómetros más adelante y habrán dejado a los caballos de guardia nomás, porque no encontraron ni rastros de los forajidos.

Llegó uno al día siguiente, cuando el viejo arrancaba con el té lleno de limón y algunas gotas de whisky; por indicación de Liz había prescindido del mate. El alazán transpirado fue el mensajero que hizo caer sobre el estanciero todas las novedades como si le hubiera arrojado una rama de ombú en la cabeza. Los desertores, los muertos, los caballos robados, los asesinos en sus nichos de tierra y cuero esperando su condena. Se quedó mudo. Hasta que aulló puteadas. Dispuso la formación de una corte marcial para sus oficiales, para los que estaban de guardia la noche de la fiesta. Ordenó ejecutar a los asesinos. Hizo volar la tetera y todo el servicio de té. Frenó un poco cuando la vio a Liz llorando con todo el cuerpo, I beg your pardon, Coronel, I'm guilty, I should have never done the party, que en su país la gente sabía beber y se comportaba, que no conocía la Argentina, que por favor no muriera nadie más. El viejo cedió un poco, y dispuso una semana de estaca para todos los que consideró culpables. Y perdieron su grado y sus sueldos adeudados y los que les tocaran los próximos dos años. Y volverían a la fosa. Que sobrevivan los que Dios quiera, gringa, te van a deber la vida a vos y a Él. Como en la estaca cayeron también los daisitos, confió Liz en que encontrarían la forma las chinas de acercarles agua y sombra a sus hombres.

Adiós, Coronel

La furia de Hernández no aflojó hasta la noche, cuando el whisky lo llevó de vuelta a su industria pastoril, al hierro de los ferrocarriles que unirían la llanura con el puerto y el puerto con el mundo, con Inglaterra, al concierto de las naciones donde la Nación estaba llamada a tocar la música de acabar con el hambre del globo, a la educación de los gauchos que mirá gringa las cagadas que hacen y ya tienen varios años de escuela y, a pedido de Liz, a especular sobre el probable destino de su marido. El Ejército Argentino no retendría a ningún inglés, afirmó, seguramente lo habrían liberado, salvo que hubiera cometido alguna tropelía muy grave, how dare you, se paró Liz, no, no, no estoy diciendo que tu marido sea un forajido, te estoy explicando las leyes argentinas nada más. Le habían contado de un inglés que había sido conchabado por error, hacía un tiempo de eso y hacía un tiempo que lo habían liberado. Mostrame otra vez ese mapa, quiero ver dónde está tu estancia. Miró el mapa un rato: mirá, gringa, yo no sé quién le vendió esa tierra a tu Lord, está en poder de la indiada todavía. Si se fue para allá, lo tienen los indios. No te asustés, tampoco son tan malos. Don't you lie to me, I have been reading your book. ¿No son tan malos?, you are mintiendo, Coronel, I can't believe it! Usted mismo contó lo que le hicieron a esa pobre mujer que tenían cautiva:

Aquella china malvada
que tanto la aborrecía,
empezó a decir un día,
porque falleció una hermana,
que sin duda la cristiana
le había echado brujería.

El indio la sacó al campo
y la empezó a amenazar:
que le había de confesar
si la brujería era cierta;
o que la iba a castigar
hasta que quedara muerta.

Llora la pobre afligida,
pero el indio, en su rigor,
le arrebató con furor
al hijo de entre sus brazos,
y del primer rebencazo
la hizo crujir de dolor.

Que aquel salvaje tan cruel
azotándola seguía;
más y más se enfurecía
cuanto más la castigaba,
y la infeliz se atajaba,
los golpes como podía.

Que le gritó muy furioso:
"Confechando no querés";
la dio vuelta de un revés,
y por colmar su amargura,
a su tierna criatura
se la degolló a los pies.

Hernández recuperó el color y el humor con la lectura de Liz: le daría risa, como a mí, el acento de Liz leyendo sus versos, porque las carcajadas le duraron un rato, hasta lágrimas le cayeron. Gringa, darling, ¿vos te creés todo lo que leés? Lo inventé todo eso, bueno, casi todo, cautivas tienen y no las tratan como a princesas, tampoco mucho peor que nosotros a las chinas, ay, perdoname, Liz, no puedo parar de reírme, cautivas tienen te decía pero nunca supe que les degollaran a los hijos como corderos y algunas se ve que la pasan bien. Mi madre me contó de una, una inglesa como vos, que se había enamorado de su indio y no se quería volver a la civilización, mi mamá le ofreció la casa y rescatarle a los hijos, no sé cómo iba a hacer para cumplir la promesa, no tuvo que cumplirla: le dijo que no la inglesa, que era feliz con su capitanejo ahí en Tierra Adentro. La volvió a cruzar cuando la india rubia iba a la pulpería a comprar provisiones y vicios; habían degollado una oveja y se tiró del caballo para chuparle la sangre caliente. Are you telling the truth now? Sí, sí, no estoy escribiendo un cuento, te estoy contando lo que me contó mi mamá, gringa. Yo creo que se tiró para que mi mamá la viera y entendiera. What? Que había abrazado otra vida, como estás haciendo vos acá, dejaste tu Inglaterra con sus máquinas y sus modales y toda su civilización, la más alta del mundo, para venirte a buscar fortuna en una estancia que, querida, no sé quién le habrá vendido a tu Lord, pero te puedo decir que no te va a ser tan fácil instalarte ahí. Salvo que negocies con los indios. And why did you lie? Te lo expliqué ya, Liz: la Nación necesita esas tierras para progresar. Y los gauchos, un enemigo para hacerse bien argentinos. Todos los necesitamos. Estoy haciendo Patria yo, en la tierra, en la batalla y en el papel, ¿me entendés? Y vos también estás haciéndonos la Patria y te necesitamos también. No te voy a dejar ir desarmada, te voy a dar escopetas y pólvora. Y algunas chucherías que les gustan a los indios. La caña que acá nadie más va a tomar, para empezar. Tabaco. Y espejitos, ya vas a ver, son muy coquetos los indios. Y ahora vení conmigo que te tengo una sorpresa.

Se fueron. No era noche para correr riesgos, así que me fui a dormir a la habitación que me había sido asignada; logré meterlo a Estreya, que se quedó quieto y callado como si entendiera. Probablemente algo entendía; que afuera la iba a pasar mal otra vez entre los perros aguerridos de los gauchos. Lo abracé y me dormí. Recién al amanecer la vería a Liz, ya vestida de carreta: me besó mucho, me mostró la sorpresa de Hernández, el diamante era. Se lo había puesto en su mano derecha. Al rojo y el blanco que ella era se les sumaron más rayos.

Tercera parte

TIERRA ADENTRO

Destellaba como espuma

Los pastizales se bamboleaban con el viento cuando salimos y parecía la pampa un mar de dos colores: cuando se dejaban vencer los tallos, era blanca y destellaba como espuma; cuando volvían a su posición inicial, era verde y fulguraban los distintos tonos de los pastos, que parecían brotes tiernos aunque ya casi nada brotaba. Más bien volvía todo a la tierra haciéndose marrón, iba del verde claro, el amarillo, el oro y el ocre a la caída. Otra vez respirábamos, como si hubiéramos salido de una cueva, como si el aire de la estancia hubiera sido turbio, pesado; igual dejaba ver todas las cosas que viven en él pero era otro, era como respirar agua, se sentían los borbotones apretando la garganta. No entraba bien ese aire: no salía. Habrían de ser el Campo Malo, los gemidos de los gauchos castigados o las ganas que los otros se aguantaban de tanta cosa que tenían prohibida. Yes, freedom is the best air, my darling y así era para todos; hasta los bueyes, más descansados pobrecitos ellos, bajaron las pestañas curvadas de amor que tienen cuando los uncimos a la carreta. Estreya corría ondeandosé con la alegría de todos los cachorros aunque estaba bastante crecido, los terneros quebraban la cintura que no tenían en una danza que terminaba a los topetazos y volvían a correr y a enfrentarse y yo hubiera dicho que todos se reían con ese silencio inquieto y juguetón que tienen las bestias para expresar alegría; la risa se nos salía de los pulmones a todos los animales de la carreta. Rosa, que iba adelante, ya con su ropa de gaucho, orgulloso de su nueva montura, un alazán espléndido, uno de los cuatro caballos que nos había regalado el coronel, se volvía al galope, nos decía a las carcajadas Miren gringas ese pájaro azul, ese ombú lleno de nidos, las vacas que nos siguen como los patitos siguen a las patas, qué malo el coronel ese que no te dejaba ni chupar tranquilo, rubia, ni galopar cuando se te daba la gana, vamos Cielo, carajo, animaba a su alazán, que rajaba la tierra como un haz negro y galopaban también los brillos del diamante de la mano de Liz, esos que, en medio de su blanco y su rojo, me dejaban casi ciega de ganas de tenerla encima. O abajo. O al costado. Habría que esperar; suponía yo que a Liz no le iba a gustar que la tocara adelante de nadie. Nos comimos un charqui al chutney con unos vasos del vino que nos había regalado también Hernández. Era una peste ese viejo pero con nosotras había sido generoso, yo tenía adentro una clase de retorcijones leves, un tironeo entre el agradecimiento, por su cama con dosel, por la oportunidad que le dio a Liz de ponerse esos vestidos que le gustaba sacarse conmigo, y un alivio que sentía casi como si me hubiera liberado de la gravedad, como si fuera yo, apenas cruzado el puente de la fosa, uno de esos panaderos pálidos que salen de los cardos cuando se les terminan de caer las flores llenas de aristas y de un violeta vivo que parece robado al cielo del sol cayéndose o levantándose y digo esto como lo dije entonces, enterada ya de que el sol no hacía nada más que girar. Y consumirse a sí mismo como cualquier fuego.

Como si la Vía Láctea empezara o terminara ahí en sus manos

Munidas de transparencia llegaríamos a la toldería: llevábamos caña, espejos —los reflejos son de lo diáfano— y la prenda mayor, el diamante de Liz, no sé si la Vía Láctea terminaba o empezaba ahí en sus manos, se desenrollaba de su dedo mayor el cielo pampa, ese río de estrellas revueltas de estallidos quietos como están quietas las piedras de un volcán aunque sea la suya una naturaleza de hervores y borboteo. "Tontos no son, gringa: saben lo que vale esa piedra aunque no puedan evitar fascinarse con cualquier porquería que brille o con cualquier licor que los pierda", "I understand them, my Coronel, don't you?", "Un poco sí, claro que sí, somos todos hombres aunque unos vengamos preñados de futuro a regar con nuestra simiente de mañanas a la tierra virgen y los otros vivan sin tiempo, gringa, como los animales. Igual sí, tenés razón, el whisky les va a gustar también a ellos", deshojaba Liz —vestida nuevamente con sus trajes de carreta que podían ser grises, o verde seco o marrones, siempre pudorosos—, las flores de sus últimos diálogos con Hernández. Me hablaba, Liz, como si no hubiera pasado conmigo las noches que pasó, como si no hubiera fundido sus babas con mis babas, como si no hubiera nada entre nosotras, en fin. El cielo celeste se cubría rápido de nubes pesadas, oscuras y expresivas: hablaban del Oeste, del sol que volvía a envolvernos como una caricia aunque nos pegara el viento que lo movía, de la lluvia pronta, del olor a agua del viento, de la tierra respirando abierta para recibirla, hablaban de mis ganas de que se cayera el cielo entero para tener que parar, para meternos en la carreta con Liz, para sacarle la ropa mojada pegada al cuerpo luego de verla correr con el pararrayos, luego de correr yo misma para guardar las gallinas que cloquearon alborotadas ese día como siempre que había tormenta pero más nerviosas, habrá sido el rayo que le rebotó en el anillo a Liz y las alumbró y las hizo poner los huevos radiantes que nos darían los gallos con las plumas negras que enamorarían a Kaukalitrán.

Igual de sedosa y relumbrante y negra y azulada fue la noche para mí: para nosotras dos.

La tierra croaba

Cuando pasó la lluvia, la tierra croaba, los pájaros se metían en los charcos, agitaban las alas, hacían piar al aire y el arco iris tenía una pata más corta que la otra: desde la salida de la estancia el mundo había empezado a subir. Lo había notado apenas, obnubilada como estaba de necesidad de tocar a Liz, de que me tocara, como si de su mano salieran el pan y el agua, el aire incluso que habría de mantenerme viva, con ella todo se me había vuelto la asfixia de unas ganas que me lastimaban, era la tensión del hilo que nos unía mientras me agrietaba yo de la separación que creía adivinar apenas encontráramos a Oscar. Pero nunca había visto un arco iris rengo ni a la tierra curvarse hacia arriba dejando, abajo, atrás, los pastizales que se extendían con la gracia suave de unos volados, olas de flores violetas y amarillas y sus pequeñas sombras; porque todo empezaba a tener sombras, a orlarse de contrastes suaves, y, arriba y adelante, las garzas y los biguás y los flamencos que eran anuncio de laguna: todo, la vida misma, era un abrazo tibio esa mañana.

Lo que sube baja, incluso el planeta; lo terminé de aprender y lo aprendieron los pobres bueyes que no tuvieron ningún alivio, más que tirar resistían, trataban de mirar para atrás, de identificar la fuente del empujón, yo creo que sentían la carreta como parte de sí mismos ya, pero entonces estarían sintiendo que una parte de sí se les venía encima; quisieron escaparse, trotaron hasta que al costado de la rastrillada comenzaron a verse los juncos agitando sus penachos. Paramos y los soltamos; Rosa empezó un asado un poco porque tenía hambre y otro poco porque los mosquitos y los barigüí nos estaban comiendo a nosotros y no se nos ocurría otra cosa que humo para ahuyentarlos. No había nada más hasta que hubo los tres cuises que cazó Rosa y entonces los gritos de los bichitos, el horror en las manitos que se estiraban tratando de herir al hombre gigantesco, los cuerpos arqueados por el dolor, fuimos el Campo Malo de los pobrecitos. Un rato después, el olor de su carne dorada por el fuego y el apaciguamiento de nuestros estómagos, es decir, de nuestros cuerpos y almas.

Un vuelo errático

Como la paz a nuestra saciedad, le brotaron los hongos a la tierra mojada y se siguió ondulando la pampa y supe así que lo ondulado parece mecerse aunque esté quieto y que tiene más colores que lo llano: era el lomo de un perro desperezándose la tierra entera y la pelambre de sus alturas desparejas se parecía al agua cuando el viento le agita los reflejos. Si antes la vida del camino me había sido celestial, ahora variaba del violeta intenso al pálido, al amarillo y al naranja, al blanco, al verde claro y al oscuro para dejar ver, de a ratos, los marrones, que eran pocos. Era como si la pata que le faltaba al arco iris hubiera estado derramándose en el suelo y así siguió, cada vez con más fuerza, con más precisión, como si los colores se definieran a medida que avanzábamos y la tierra misma volara ya no hecha polvo sino flores en el aire; las mariposas, con sus aleteos impulsivos, se mueven como si tomaran impulso, se les fuera gastando hasta casi detenerse y entonces, cuando podrían ser apenas un objeto del viento, empiezan otra vez. Es un vuelo errático comparado con el de los pájaros, que, como brotados de las cuchillas, empezaron a abundar. La mayor parte de los pájaros planea. No aletean constantemente: comparten la intermitencia de las mariposas, detienen sus alas, las dejan abiertas, pero a diferencia de ellas, mantienen una trayectoria armoniosa, como si no les significara ningún esfuerzo; los picaflores están en el medio, entre los pájaros y las mariposas, por los colores, sí, pero también por su modo de volar, eléctrico, incesante. Tal vez están más cerca de los insectos. El aire era una masa viva de animales, el zumbido de las abejas y las moscas y los barigüí y los mosquitos era su respiración y yo empecé a respirar con ellos, me dejé estar en ese ruido grave que a la noche aumentaba por otro más irregular, el del croar de tanto bicho barroso. Estábamos en zona de lagunas: el agua duplica la felicidad como duplica todo lo que espeja. Y lo llena de vidas.

Así que seguimos viaje entre el barro y el aire, borracha yo del olor de las flores y del vino del coronel: Liz había decidido que llevábamos demasiado peso; nos concentramos en alivianar la carreta y fue el nuestro un ánimo festivo, los hilos de la red que nos unía parecieron hamacas, nos balanceábamos cantando en las dos lenguas y en esa que inventábamos entre los tres y que Estreya ensanchaba con unos ladridos que parecían intentar la misma armonía.

Desnudos la mayor parte y hermosos

Así nos vieron, como una caravana regida por una carreta con sus tres personas, una mujer, un hombre y un alma doble, que cantaban en lengua extraña, y un perrito negro de mirada amarilla que intervenía también en la canción con sus ladridos y no desentonaba casi nada. Cientos de vacas que marchaban como bailando, al trote alegre las más jóvenes, dándose topetazos, aparentemente desordenadas aunque con la carreta como centro. Cinco caballos hermosos que se sentían libres de galopar hacia donde quisieran y volvían luego a acercarse a las vacas y salían otra vez corriendo. Seis bueyes mansos y gallinas cacareando en una jaula en la parte de atrás de la carreta, abajo de un aparato que no conocían y temieron que fuera un arma aunque, claro, tanto jolgorio no les resultaba muy militar; conocían ya la disciplina seca de los milicos, esa crueldad magra: la humillación que supone cualquier verticalidad.

Nos siguieron un par de días y lo supimos enseguida. Lo supo Estreya, que les ladraba a los árboles moviendo la cola, incapaz como es mi perro de suponer que puede esperarse de los seres humanos algo distinto que refugio y comida y juego, lo supo Rosa, que es baquiano y sabe esas cosas y lo supimos nosotras mirándolos a ellos: no permitimos que el miedo nos creciera en el cuerpo. Seguimos tomando vino y cantando, cantándoles ahora a los ojos que creíamos adivinar en cada árbol: éramos apenas tres, teníamos que ir adonde íbamos, no hubiéramos podido atacar, ni siquiera defendernos con éxito: teníamos que cantar.

El desierto —siempre había creído yo que era el país de los indios, de esos que entonces nos miraban sin ser vistos— era parecido a un paraíso. O a lo que yo podía considerar como tal: las lagunas que yacían en las partes bajas y las que subían estaban, qué curioso, más arriba que algunas tierras secas, los árboles se multiplicaban y eran todo lo que podía verse en muchas zonas, los pájaros cantaban a los gritos —no sé yo por qué gritan los pájaros ni estoy segura de que canten, el único animal que puedo jurar que canta es mi Estreya, pero entonces qué hacen los pájaros cuando gritan, llaman a los otros, muestran sus encantos para hacer más pájaros, la vida tiene un complejo mecanismo para seguir siendo, derrocha, la cruel, su belleza, es su forma de hacernos y matarnos, así se hace a sí misma constantemente—. Volaban los pájaros y era una danza y era también su modo de buscar comida: así se tiraban las garzas en el agua para tragar los peces que las mantenían vivas y haciendo más garzas. Habrá sido el vino o la expansión de esa segunda liberación que estaba viviendo, la salida de la estancia, o las dos cosas: me había puesto reflexiva. No nos habíamos encontrado con nuestros gauchos; no nos alarmábamos, habían salido a caballo, nos llevarían leguas de ventaja hasta que se detuvieran el tiempo suficiente como para que los alcanzáramos. Sentíamos ansiedad de encontrarnos con los indios.

Los escuchamos primero y los olimos. Cantaban, también, y comían asado: ese aroma nos guió hasta una planicie entre sierras altas, a la vera de una laguna celeste, un campo de flores y ahí estaban, algunos armados y vestidos con ropas de soldados pero mal vestidos, como si se hubieran puesto el pantalón en el torso y el sombrero en las vejigas, no les quedaba la ropa. La mayor parte estaban desnudos y hermosos: eran altos y tenían espaldas anchas y mandíbulas fuertes, los ojos como rayas, como si el sol los alumbrara siempre con su potencia de mediodía, la piel muy oscura, destellante, se la untaban de grasa, y pintada con dibujos blancos como fantasmas —de polvo de huesos hacían la pintura— con tocados de flores o de plumas y algunos de las dos cosas y no parecían elegir los adornos según el sexo como hacíamos nosotros; estaban reunidos en grupos chicos alrededor de los fogones, comían con mano y cuchillo, sonreían con dientes tan blancos como la pintura que recubría parte de sus cuerpos hermosos y eran muchos; los toldos se extendían lejos, resplandecientes también por la misma grasa que usaban sobre la piel y que servía para varias cosas, como casi todo entre los indios. Habíamos llegado un día de fiesta: la plenitud del verano celebraban y con el verano la belleza de las flores y los animales y la generosidad de la tierra que prodigaba sus frutos sin pedir más trabajo que extender las manos hacia los árboles o bolear a uno de los muchos bichos que andaban dando vueltas por el suelo o flechar a los peces y los pájaros. Así los vimos nosotros a ellos mientras nos acercábamos sin saber demasiado bien dónde detenernos, no encontrábamos un toldo más importante que otro, nos detendríamos en la primera línea y después caminaríamos; estábamos decidiéndolo cuando se empezaron a parar y a mirarnos y se adelantó un grupo. No fueron los soldados, sino algunos desnudos los que tomaron la punta.

Hubo un tiempo seguramente breve pero largo hecho de una quietud curiosa, una quietud de mirarse: nosotros a ellos y ellos a nosotros, las vacas a sus vacas, mi perro a los suyos, los caballos a todos. Hasta que los desnudos de la punta de desnudos empezaron a cantar y a caminar: hicimos lo mismo, cantando también, con los brazos abiertos caminamos, hicimos todo lo que ellos y terminamos fundidos con esos indios que parecían hechos de puro resplandor y olor a grasa y a chañar florido y a lavanda, porque eso le ponían a la grasa que usaban, y entonces cuando abracé a Kaukalitrán me hundí todavía más en el bosque que había resultado ser Tierra Adentro. En el verano me hundí. En las moras que colgaban de los árboles rojas y llenas de sí. En los hongos que crecían a la sombra de los árboles. En cada árbol me hundí. Y supe de la volubilidad de mi corazón, de la cantidad de apetitos que podía tener mi cuerpo: quise ser la mora y la boca que mordía la mora.

No tuve que esperar mucho para lograrlo. Al abrazo le siguieron los besos, sentí la lengua de Kaukalitrán metiéndose llena de su saliva salvaje en mi boca, tenía gusto a peperina, a pata de ñandú, a puma, a ombú, a humo de margarita dulce, a caña y a algo amargo que no pude identificar. “Bienvenida a nuestra fiesta, mi querida muchacho inglés”, me dijo cuando respiramos. Nos hablaron en un castellano prístino, como Hernández hablaban y es que habían aprendido la lengua de sus abuelos que la habían aprendido en la estancia de Rosas, el Restaurador, que tenía costumbres de realeza y había tomado como rehenes de un pacto de paz a los hijos mayores de los jefes. O de los que él creía los jefes, porque la nación selk'nam cambiaba de jefes constantemente sin mayores conflictos, quiero decir con conflictos menores que dirimían a criterio del consejo de ancianas —o a pura lanza si no alcanzaban los consejos—. Se había llevado a los primogénitos de los diplomáticos. Nuestros indios ya no eran selk'nam, se habían mezclado con los tehuelches y con bastante winca, pero habían elegido recordar a los abuelos más australes que tenían. Nos dijeron que ellos eran el desierto y que nos abrazaban. Que nos venían viendo desde hacía tres días, que bebiéramos y comiéramos y danzáramos en su fiesta de verano. Nos lo dijo a mí Kaukalitrán, a Liz, Catriel, y a Rosa, Millaray. Nos lo dijeron mirándonos a los ojos, sin soltarnos las manos y así nos llevaron a la laguna, Kutral-Có, Agua de Fuego la llamaban y en breve entenderíamos por qué. Nos sentamos los seis sobre un tronco, comieron ellos el sombrero dorado de un hongo de tallo flaco y nos ofrecieron a nosotros. Comimos también esos frutos amargos. Nadie habló por un rato, hasta que Kaukalitrán hizo un gesto que parecía abarcar la laguna entera, los otros dos empezaron a reírse y los flamencos se elevaron como una sola mancha rosa hacia el cielo celeste, dejando al descubierto el agua que no sabía de qué color ser con tanto movimiento. A mí la indecisión de la laguna me hizo gracia, primero tímidamente y enseguida a las carcajadas: no sabe Kutral-Có de qué color ser, está viva, la laguna es un animal, mirá Estreya la hermana laguna indecisa, llamaba a mi perrito, mirá Kaukalitrán cómo tiene metido el sol mi Estreya, mirá Liz qué hermosa puma es Kaukalitrán, mirá cómo corro sobre mis dos patas de ñandú, mirá cómo no me alcanza nadie, Rosa, ni vos con los rayos de tus potros, mirá puma cómo te corro, Kauka, vení, me quiero bañar. Me saqué la ropa y me dejé llevar por Kauka que conocía el barro de su laguna, la Kutral-Có de la fiesta de todos los años, pero no sentí barro; supe que estaba pisando la lengua de ese animal que hasta entonces no había sabido animal, tiene fondo y borde de lengua la laguna y el agua es su cuerpo y su cuerpo está lleno de piedras y plantas y peces y pedazos de árboles y nosotras cuando nos metimos con Kauka en su cuerpo nos tornamos peces, me puse plateada y larga y fina como un surubí y como un surubí me creció la barba y me la peiné contra el cuerpo de Kauka, que se había hecho chato y ancho y plomizo como el de un pacú y le lamí su vientre dorado de pacú mientras ella flotaba en el agua que ya se había decidido; era violeta entonces y tenía escamas amarronadas con el marrón de su lengua, le lamí la panza dorada a mi pacú, que se afiló y echó manchas de tigre y, tararira ya, me mordió como si fuera yo un anzuelo, me mordió y se quedó ahí, como colgada de mí, mi pescada, sobre el tronco la veía de lejos a Liz, el rojo de su pelo como un incendio, estaba desnuda también ella, la estaban pintando con pintura marrón, la miré volverse potra alazana, ya la había visto así pero nunca desnuda en manos de otro ni desnuda yo en medio del cuerpo de una laguna y en manos de una tararira, me dio risa esta nueva perspectiva, Kauka se rió también, se deshizo el abrazo sexual como si se hubiera disuelto en el agua, nadamos hacia la orilla, yo también quería ser quien era, quería en la piel el dibujo que me desnudara, era una tararira tigra yo, o era Kauka, me daba lo mismo, resolví, y me tiré en el pasto y me dejé pintar por una machi que me había visto el alma tararira y la vi a Liz otra vez potra y le lamí el lomo y Liz me hablaba en inglés y me decía tigress, mi tigresa, my mermaid, my girl, my good boy, mi gaucha blanca, my tigress otra vez y nos dejamos caer en el barro y con nosotras Kauka, y con Kauka, Catriel y enseguida Rosa y Millaray y nos revolcamos hasta ser tan sapos como los sapos que nos saltaban alrededor y sapos copulamos ahí en ese barro que parecía el principio del mundo y como habrá sido en el principio nos amamos todos sin pudores y no terminamos de amarnos porque volvían los flamencos y ese rosa infinito como si se hubiera complacido Wenumpau, el cielo del desierto, en mostrarnos su sangre luminosa; nos distrajo, nos dio hambre y salimos corriendo hacia el kutral, el fuego, todos marrones, y tuvimos que mordernos la urgencia, recién pudimos soltar los tarascones luego de una ceremonia, el asador dividió el ñandú que estaba al fuego en tantos pedazos como personas éramos. No guardó nada para sí ni para su ayudante y Liz y Rosa y yo nos aguantamos el mordiscón para ver cómo era la comida entre los indios y vimos que no se abalanzaban, que se avisaban los unos a los otros que les había caído la carne asada y entonces los que habían recibido las porciones más grandes, la pechuga musculosa del ñandú, agarraban un cuchillo y cortaban la mejor parte y se la cedían al asador y a su ayudante y recién después le soltaban la rienda al hambre loco que tenían y todos nos abandonamos a las mordidas como pumas muertos de hambre. Nos tiramos en el pasto alrededor del kutral, se empezaba a hacer de noche y con la noche, se sabe, baja el rocío y nos sentíamos tierra llovida y alguien nos trajo unas mantas hechas de plumas, fue rosa la mía y me dormí muy flamenca mirando el cielo tan estallado de estrellas de la mano de Kauka y de la mano de Liz, que se chupaba toda la leche de la Vía Láctea en el anillo.

Me desperté sola, un par de horas después, sin saber con qué me vestiría: mis ropas de gaucho gringo eran ridículas pero eran las únicas que tenía así que volví a Kutral-Có, me bañé para sacarme el barro que ya me picaba y me la puse, con mi manta flamenca de poncho. En un kutral más o menos cercano al grande, el fuego de la comida —había muchos, dibujaban como un cielo en el suelo con los fogones—, estaban Liz y Rosa, vestidos los dos a la manera de los indios, con túnicas blancas de garza, doradas de escamas de pejerrey y coloradas de carpincho, tan bellos todos, tan exquisitos como cualquier animal, como todos los animales, como aquellos de los que habían extraído sus atuendos.

No había centro, ya lo dije, ni una ruka más grande que las otras, pero poco a poco, y seguramente por la extrañeza que causaría nuestra presencia, se fue organizando la noche en torno a nuestro kutral. Rosa fue a la carreta y trajo los regalos: gozaron, los indios, de los espejos y eso que podría haber parecido un rasgo de idiotez se me hizo completamente comprensible; miraban la belleza en su reflejo, eran hermosos, incluso los viejos y las viejas con sus surcos de arrugas hechas de sol y nieve y sus pelos blancos, incluso las mujeres recién paridas con sus tetas llenas, incluso los hombres vestidos de milicos, incluso las milicas, que entre estos indios, los míos, mi nación, los trabajos se dividen por el solo criterio de la aptitud, el deseo y la necesidad, si hay.

Entregamos, también, el barril de caña y lo que quedaba del vino y los gallos negros que nos habían crecido durante la última tormenta. Kauka los amó y yo la imaginé plumífera, vestida de guerrera azabache, la había visto tensar su arco cerca de un fuego para templarle la cuerda, fuerte y negra y salpicada de brillos como la noche más luminosa. Cuando se armó el kutral, se acercaron también los otros extranjeros. Las cautivas inglesas, que andaban todas sueltas y se pusieron a intercambiar novedades con Liz: la vida de la reina, God save Her, los avances de los ferrocarriles, un seguramente legendario resfrío del rey, el poder de las máquinas nuevas, la esclavitud en las minas de carbón, la felicidad de los pastos esmeralados de su patria, la fuerza del mar que la lamía y la rebenqueaba alternativamente. Y, de la vida nueva, le contaron la libertad, que ya había conocido un poco, que conocería el resto y que no querría volver nunca a los cuellos rígidos ni a las piernas cerradas, ni siquiera a los verdes prados de Inglaterra. Los científicos alemanes, que andaban juntando huesos, como quien le arma el cuerpo a la luz mala, y se ensanchaban poniéndoles sus nombres propios a los restos de dinosaurios para solaz de los indios, que empezaban a llorar de risa apenas cada uno mostraba los esqueletazos llamados Roth o los rastros de líquenes —esas hojitas delicadas metidas adentro de piedras tan transparentes como el anillo de Liz— llamadas Von Humboldt. Los exiliados de la República Argentina, que no se terminaban de acercar, ocupados como estaban en sus conspiraciones —los indios los toleran aunque no los quieren, no los queremos, porque sabemos que con ellos nunca lograremos más que alianzas fugaces, preñadas de traición, siempre mutantes, pero aun así inevitables—. Y los gauchos, que eran cientos: los nuestros, los que habíamos ayudado a escapar de Hernández, ya vestidos como locales. Y tantos otros. Entre ellos, uno que se movía delicadamente, haciendo bailar sus trenzas largas y una túnica de plumas tan rosas como las mías y con un lazo en la cintura, ya dije que entre los indios ni la ropa ni la forma de vivir está determinada por el sexo. Parecía una china disfrazada de flamenco, se le notaba algo macho en una sombra de barba y nada más. Se me acercó y supe que era cierto lo que decía Hernández: era Fierro, y más que de fierro parecía hecho de plumas. Quise alejarme pero atrás de él venían mis hijitos. No puedo decirles, no puedo decirlo, la felicidad que sintió mi cuerpo, la plenitud de mi alma cuando hundí mi nariz en sus cabecitas y me quedé ahí, sumida en el olor de mis cachorros. Estaban hermosos y me abrazaban tanto que lo tuve que escuchar a Fierro. A los indios les gustaban las historias de amor y Fierro cantaba todo lo que le pasaba y lo que no también, era su modo de ganarse el sustento. Saben apreciar el arte tanto como Hernández los indios pero no andan firmando libros con los versos de los gauchos; bien les habría contado ya de nosotros y Raúl y quién sabe qué otros versos Fierro. Lo dejé acercarse, lo dejé sentarse enfrente mío con la guitarra y lo escuchamos todos.

Ay, Chinita de mi vida

¡Ay, Chinita de mi vida!
Tanto le pedí yo a Dios
Que me riuna con vos
Para pidirte perdón
Y para hacerte mi amiga,
China de mi corazón.

Vos te cortastes las trenzas,
Yo me las hice tejer:
La vida nos da sorpresas
Y siempre nos juerza a ver
Que el mal hecho a los amaos
No puede quedar sin pago.

Yo te digo Josefina,
Qué lindo nombre tenés,
Que sé bien que te hice mal.
Tanto mal sufrí también
Que me vas a perdonar
Nomás mi oigás confesar.

Fui yo el que mató a Raúl,
Lo degollé y quedó azul,
Y dispués blanco de muerte.
Era hermoso y era juerte
Pero era más mi facón
Y había perdío el corazón.

Él me dejó a mí por vos,
Como estanciero a bastardo
Como a la bosta el ganado
Como el ñandú al trigo muerto
Como el chimango a una flor
Como el chancho a un tenedor.

Yo jui y te gané a las cartas
Lo llené al negro de caña
Y perdió hasta su clamor
Era un pardo mal parido
Y no jui yo mucho mejor
Pero al final soy tu amigo.

Igual que me lo robaste,
Yo te robé de su lao
Vos pensaste que eran celos
Pero siempre tuve miedo
De que cuente el entrevero
Del tiempo que jue mi amao.

Dispués quise ser cabal
Con casa, cría y mujer,
Y lo había casi lograo
Cuando me arrió el coronel.

Malo el ejército jue,
Casi muero desangrao.

Era todo trajinar
Pa'levantarle la estancia:
Meta arado y meta pala
Nunca un rato de vagancia
Ni hablar de ahuecar el ala
Porque ti hacía estaquiar.

Rebencazos, poco pan
No nos pagaba los sueldos
Se los quedaba el Señor
Y le daba algo de carne
A esos mierdas de chimangos
Que le hacían de policía.

Andaba flaco, mi China
Como galgo de carrera
En época de Cuaresma:
Dicía que hacíamo Argentina
El malino coronel.
Le hacíamo la estancia a él.

Tan triste andaba, querida
Que al fin me dio por cantar
La guitarra jue mi amiga
Y ahí me hizo conchabar
Pa'cantarle a la pionada
Cansada de trabajar.

Empecé a pasarla bien,
Me respetaban los mil
Gauchos que tenía presos
Pero Hernández es ladrón
Me empezó a afanar los versos
Hizo libro'e mi canción.

La firmó con nombre de él,
Y le metió sus maldades:
¡Mirá que yo via cantar
"Hacete amigo del juez"!
El juez no es amigo'e naides
Y obedece al coronel.

Me le jui al humo al milico
Apenas supe del libro
Que el indino me robó:
Me hizo estaquiar por tres días,
No me dio agua ni comida
Y ni siquiera ahí paró.

Me venía a preguntar
Si yo me encreía deveras
Que esos versos eran míos.
Y yo porfiaba que sí
Y que eran malos los cambios
Que le metió el infeliz.

Me hizo dar tanto rebenque
Que el lomo se me estalló:
Me empezó a salir la sangre
Como agua de un manantial

El ladino iba a matarme;
Casi me descoyuntaron.

Todo todo bordado de luz
se vino Cruz una noche
y cortó lo que me ataba
al filo de su facón
Y libres juimos los dos
Cuando asomó la alborada.

Me escondió en una tapera
Dormíamos con los pingos
Para que nadie nos viera.
De noche salía de caza,
Y de día cocinaba.
Faltó que mi amamantara.

Me dio vizcacha en cuchara,
Me hizo escabeche de rata,
Guiso de cuis y chimango,
Sopitas de hueso e'vaca,
Tortas de huevo e'ñandú
Y ensaladitas de ombú.

Como Jesús en la tumba,
Me puse juerte en dos días,
Y al tercero me besó:
Supe su amarga saliva,
Y supe más, me montó.
Ya nunca quise otra vida.

El cielo entero en mi culo.
Yo me saqué las espuelas,
Yo no quise aguardar más
Yo quise darle una sorba:
Yo me lo empecé a atracar.
Conocí la libertá.

No te voy a explicar yo
La delicia de tenerlo
Entero adentro de mí:
Su poronga un paraíso
Que me lo hizo ver a Dios
Y agradecerle el favor.

Por haberme hecho nacer
Para sentir el placer
De ser amado endeveras
Y de endeveras clavado:
Ay, Jesús, qué maravilla.
¡Es zonzo el cristiano macho!

Cuando llegamos acá
Nos fabricamos un toldo,
Como lo hacen tantos otros,
Con unos cueros de potro,
Con su sala y su cocina
Fuimos felices con Cruz.

Pero no nos quiso Dios
dar tanta felicidá:
apareció la viruela
no nos dejó una amistá,

no había a qué darle espuela,
y al buen Cruz me lo llevó.

De rodillas a su lado
Yo lo encomendé a Jesús.
Faltó a mis ojos la luz,
Tuve un terrible desmayo;
Caí como herido del rayo
Cuando lo vi muerto a Cruz.

Así que ya ves, mi China,
que me fue dao pagar
el mal que hice por indinas
razones que ya te di.
A los cachorros busqué
y acá mismo los tenés.

¿Me perdonás, Josefina?

Los indios se habían ido acercando tanto que nos presionaban: nos obligaron a abrazarnos y a quedarnos un rato en el abrazo. Cuando dije que sí, que lo perdonaba, empezaron a los gritos, con esos cantos tan suyos, arman coros ululantes con distintas melodías. De los gritos, me llevó unos días entender esa música, pasaron al baile. Bailamos y fue desde uno de mis saltos de flamenca, de tararira flamenca para ser precisa, que la vi a Liz besando a un gringo que no podía ser otro que Oscar. No tuve tiempo de lamentarme: Kauka me llevaba otra vez a la laguna, otra vez me sumergí en el agua y aprendí a nadar abajo con una cañita en la boca para tomar aire. A subir a una canoa y a remar y a meterla luego entre los juncos para que el viento nos meciera como a niñas. A ver el amanecer desde adentro, porque eso es verlo desde una canoa en Kutral-Có. Dormí con ella, en su ruka, en una hamaca de cuero que se movía al ritmo de mi cuerpo y del de ella, todo me mecía ahí en sus brazos. Los indios son seres de Mewlen, del viento, volé en mi primera noche de ruka, me empecé a aindiar resfalando contra el cuerpo de Kauka sobre las plumas casi rojas de tan rosas, dejándola entrarme con sus manos de arquera, es fuerte y es hermosa y la quiero conmigo y me hizo de su tribu en un tiempo muy corto, casi el mismo que me había llevado ser familia con Liz y Estreya y Rosa; allá entre los indios se me agrandó la familia con mis propios hijos, Juan y Martín, con Kauka y sus hijas, Nahuela y Kauka, que también son hijas mías hoy, y con los menos pensados, Fierro y Oscar. Las familias nuestras son grandes, se arman no sólo de sangre. Y esta es la mía.

Aprendimos a ser también de Mewlen, a armar las rukas de modo tal que abriguen y refresquen sin pesar y puedan ser desarmadas y vueltas a armar cada vez que se quiera sin demasiado trabajo, a pedirles perdón a los corderos y jurarles que nada de ellos sería sacrificado en vano y tomarnos su sangre apenas degollados abrazándolos y hablándoles despacio en las orejitas, pobrecitos, para que mueran amados, a cantar en coros que parecen gritos para los no iniciados pero que toma meses aprender, a nadar en la laguna a confeccionar vestidos de plumas y a tirar con arco y flecha.

Me desperté en la ruka de Kauka y ella me ofreció un choclo y un té de peperina de desayuno, con la boca y los ojos llenos de risa me los dio y me besó y llegaron sus hijas y desayunamos las cuatro. Después, para el segundo choclo, llegó uno de los padres de las niñas y terminó de desayunar con nosotras antes de llevárselas para enseñarles a remar y a pescar desde la canoa, un arte a lanza que los míos dominan como si hubieran nacido para eso: con la maestría de un pato atraviesan a los peces desde los cinco o seis años. Se fue Kauka, la vi irse vestida de milico y montando en pelo, toda ella un relumbrar de bronce sobre su yegua blanca, era su jornada de guardia: entre nosotros, los Iñchiñ, este es el nombre que nos dimos, los trabajos se rotan.

Empecé a caminar por las rukas buscando la de Fierro y la encontré, estaba tapizado de plumas su interior, mis hijitos, y todos los otros hijos de él, dormían sobre hamacas que parecían alas, pollitos eran los nenes en la ruka de Fierro, que dormía él mismo sobre una especie de nube, un colchón de plumas blancas, vestido con una túnica del mismo color. Me lo quedé mirando quieta como una liebre encandilada, no había imaginado nunca que vería una imagen tan angelical de la bestia. Desayuné otra vez con toda su familia, que también es mía hoy, con todos los hijos de quien había sido mi marido y ahora era la madre amorosa de un montón de cachorros y me pedía perdón y me contaba su vida y su dolor por la muerte de Cruz y su amor por el guerrero más hermoso, siempre va a estar trenzada nuestra vida, Josefina, las nuevas artes que había aprendido, la ginasia del coronel que seguía haciendo todas las mañanas porque eso sí que era bueno, Jose, como aprender las letras, los vestidos de plumas de todos colores que estaba empezando a pergeñar para el próximo verano, vestidos arco iris, China, ¿te imaginás? Y las ganas que tenía de hacerse cargo de todos los niños de los Iñchiñ, no veía dificultad, se sentaban en sus piernas, se colgaban de sus trenzas, le decían ay, mamá, chocolate dame ya, jugaban con su guitarra, hacían entrar a los perros, mi Estreya no podía más, sonreía tanto que la boca le llegaba a las orejas y hay que decir que los chicos le tiraban de la cola y lo montaban como si él hubiera sido caballo. Le dije me tengo quir. Vos vas a ver a la inglesa, pero a mí no me jodés, estás durmiendo con Kauka. Llevate a los dos cachorros, ellos te van a ayudar. Entonces fui a mi carreta, a la que había sido mía, con mis hijos y el perrito, me daba miedo ir sola; encontré a Liz y a Oscar tomando el té de la mano, felices los dos de haberse reencontrado, She is Josephine, me presentó ella y él se paró y me abrazó y me agradeció for taking care of my beloved wife, me señaló un asiento y me dio una taza de té. Los nenes se pegaban a mis piernas y Estreya no paraba de mover la cola de lo feliz que se sentía de estar con nosotros, Iñchiñ él mismo desde ese día. Rosa, que tonto no era, apareció también y se sumó a la ceremonia del té. Y Oscar nos contó parte de su historia: había conocido, él también, a Hernández. No le había tocado su estancia sino una vecina, pero el Coronel había ido de visita, al viejo le encanta hablar en inglés y no tiene tanta oportunidad allá en la pampa, así que lo escuchó y le convidó whisky para hacerlo sentir en casa. Lo escuchó de verdá, le propuso trabajar con él de capataz en su estancia, le contó de la industria del campo y del progreso de las pampas, le habló de los ferrocarriles que sus compatriotas, "ustedes", harían llegar hasta los confines de la Argentina, del concierto de las naciones, de la finalización del hambre del mundo que empezaría ahí, ahí mismo donde estaban sentados los dos, le volvió a decir pateando el suelo para perplejidad de Oscar, que desde que había llegado al país veía puro gaucho con el costillar casi al descubierto y la panza hinchada. Le dijo también que a su Lord le habían vendido humo: la tierra que tenía marcada en el mapa todavía era de los indios, no le iba a ser fácil establecer una estancia ahí, además no le iba a servir para más que criar cabras, se carcajeó el milico, que era un hombre libre le dijo también, que hiciera lo que quisiera, que la Nación Argentina no iba a aprisionar a un súbdito de la reina, que al alba se volvería a su estancia y podía irse con él o podía irse adonde quisiera. Se abrazaron como hermanos y quedaron en salir juntos al día siguiente. Cuando Oscar se acercó a la carroza del coronel lo vio apenas, roncando, y gritó hasta que lo despertó, lo miró el viejo y no se acordó de él ni de su charla ni probablemente de nada de la noche anterior y se ligó un día estaquiado por molestarlo. Supo que tenía que escaparse y se preparó. Se tomó una semana para reponerse de la resaca y la estaca, para hacer acopio de un par de escopetas y algo de charqui y planeó la huida: cortó el alambre del campo de los caballos y se hizo el que los perseguía con los gauchos. Como pudo se montó a pelo de uno, enlazó a otros dos y así se fue, ladrón de tres caballos del Ejército Nacional Argentino. No fue el único que aprovechó la boleada, claro, aunque se supuso el único gringo desertor y se fue para los indios. Y acá estaba seguro de que Liz, él también le decía Liz, sabría llegar; She is not only beautiful but bright and brave, dijo y la volvió a besar. Ella me tomó de las manos y se emocionó; porque había encontrado a mis chiquitos, dijo, que ella sabía que los había extrañado tanto, dijo también. Mentía, apenas le había hablado de ellos, creo que buscaba una excusa aceptable a los ojos de Oscar para tocarme y emocionarse en paz mientras me miraba. Te devuelvo el anillo que fue de tu abuela, volvió a mentir, y me agarró la mano y de la mano el dedo mayor que tanto había gozado y lo acarició mientras lo hizo entrar en el anillo y yo sentí cómo me entraba el brillo de la Vía Láctea directo desde el espacio al corazón y me dio un beso en los labios y casi fue como cuando me había casado, faltó la bendición del cura nomás pero algo así hizo Oscar que me besó también y me dijo que su familia era mi familia y que la mía era la suya y empezó a jugar con mis chicos en inglés, se conocían ya y lo entendían bien. "Qué lindo que terminó todo", dijo Rosa, y escuché un suspiro polifónico: ahí me di cuenta de que había varios indios escondidos mirando la escena como si supieran. ¿Sabrían? Cómo les gustan las historias de amor a los indios, cómo las disfrutan; esa misma noche Liz empezó a leerles una traducción de *Romeo y Julieta*. No la dejaron irse a dormir hasta que terminó. Hay que ver a esos guerreros, heroicos y valientes como casi ningún otro pueblo tiene, llorando horas por la muerte de los amantes.

Ese mismo día hubo otra ceremonia de hongos, conocí a otras mujeres. Y a varios hombres Iñchiñ enfundados en tripitas de cordero: nada de ellos se tiraba y además, si así no fuera, tendríamos tantos hijos que no sé qué comerían. Me las arreglé para volver a la ruka de Kauka aun transformada en puma: en cuatro patas fui, gruñendo, y ahí estaba y rugí en esa hamaca hasta que se le volaron todas las plumas, habían subido rápido y las vi bajar como flotando, muy despacio, cuando el cuerpo ya no me soportaba un solo éxtasis más. La fiesta del verano dura cuatro meses, habíamos llegado al último y todos esos días conocí la vida Iñchiñ en su mayor esplendor; ya me había hecho del aire en el desierto como si hubiera sido una preparación para hacerme Iñchiñ, yo creía que me estaba haciendo inglesa pero no: no es del aire Inglaterra, no es de la luz; es de las entrañas de la tierra de donde sale el hierro y apura al movimiento del planeta. En mi pueblo Iñchiñ me hice también del agua porque Nosotros somos primero del viento; del río nos fuimos haciendo ese verano de fiesta y de amenaza de winca. Sabíamos de los planes argentinos por lo que nos había contado el coronel y nuestros hermanos lo sabían por los diarios que se conseguían cada vez que iban a los pueblos a cambiar sus plumas y sus cueros por tabaco o por caña o por espejitos o por lo que fuera que se les diera la gana tener. Kauka, por ejemplo, tiene en su ruka un secretaire y una silla: ahí escribe sus poemas y las cartas de las negociaciones Iñchiñas. En ese ir y venir de cartas y mensajeros, en lo que recordábamos de lo que nos había contado el coronel y en las noticias de los diarios creímos que el avance argentino iba a ser a hierro y fuego: se anegarían de sangre los guadales.

Lo que falta son armas

El otoño nos encontró marchando. Nosotros somos un pueblo de carretas muy pequeñas que pueden ser tiradas por un solo caballo sin perder velocidad, la gente que se mueve como el viento, los leves somos: no queremos aplastar lo que pisamos.

Discutíamos qué hacer cada noche, cuando hacíamos cielo del suelo con nuestros kutrales. Se podía enfrentar al winca, valor no nos faltaba. Ni wincas que sabían pelear como wincas. Lo que falta son armas, objetaban Oscar y Liz y todos los extranjeros para pesar de los guerreros y de los disidentes argentinos y para alegría de las viejas y viejos, que saben lo que la vida vale porque la vida se empieza a valorar más ahí cuando está al borde. La decisión se fue tomando: hacernos del agua fue, irnos al oro vegetal de las islas, a Y pa'û, que está al Norte y al Este, donde el verano es muy largo y kuarahy, el sol, brilla pero llega al suelo inquieto y roto de sombras, orlado de hojas, hecho planta casi; los pira saltan como rayos en los lomos suaves del Paraná y los cientos de ysyry entran y salen de su cauce escandaloso, los pájaros no se van nunca, los ype nadan con sus patitos en hilera, los guasutí tienen patas gordas y son mansos porque nadie los caza casi nunca y los kapi'y trabajan incansables con sus manitos y remamos y organizamos carreras y campeonatos todo el año para solaz y fortalecimiento de los cuerpos jóvenes y viejos, de mujeres y varones y almas dobles. Las de Y pa'û son tierras ricas aunque difícilmente cultivables y los argentinos son vagos: creímos que nos iban a dejar más o menos en paz hasta que encontraran qué sembrar fácil en el tuju cubierto de montes. Nos hicimos un pueblo marinero los Iñchiñ y aprendimos a convivir con los guaraníes de los bordes: el sapukái de Rosa lo convirtió en embajador y los hongos y la fiesta —vy'aty le dicen y le estamos empezando a decir también nosotros, Ñande nos llaman— les encantan también a ellos.

Ahora, el sonido del agua, la resaca de la marea son nuestra música y nos cuidan: están vivos nuestros ríos y los arroyos son animales, saben que van a vivir con nosotros, que matamos sólo lo que comemos y que nuestros buenos toros criollos y nuestras buenas vacas son nuestra industria, una industria que apenas necesita de ellos que vayan y vengan como quieran en las islas y que coman y que caguen, que son Iñchiñ también ellos. Nuestro trabajo es poco y feliz, aunque no exento de esfuerzos: construimos wampos donde subimos a nuestras vacas apenas empieza a crecer el agua; cuando hay inundación flotan quietitas, amarradas a las ramas de los yvyra, hay que verlas ahí arriba cuando el agua baja de golpe y se quedan atrapadas algunas, marrones como frutas mirando entre las hojas de los sauces con sus ojos mansos de siempre pero sorprendidos, seguramente deslumbradas por esa visión aérea del mundo, una visión a la que no terminan de acostumbrarse y las lleva a quejarse suave, como con miedo de que un mugido fuerte las precipite al suelo. Bajarlas de las copas sin lastimarlas es un trabajo en el que nos hemos vuelto expertos, lo hacemos con una liviandad y una suavidad tales que parecen banderas arriadas las reses, flamean en el aire en su descenso y lo llenan de mugidos perplejos.

Cultivamos andai y merõ, sandías y yvy'a y otras plantas que no usamos para acompañar nuestros platos de guasutí las pocas veces que los cazamos, ni de res ni de pirá, sino para pensar. O para tener fuerza. O para reírnos. Las cultivamos en wampos que llenamos de tierra y atamos también a los troncos.

En las islas la luz es doble

Sucede que el campo se va embarrando hasta desbarrancarse en un juncal que croa y pía, canta el aire en las orillas y es surcado por los guyrá, es un lujo que se da la pampa orillar, se bañan las vacas cuando se les animan a los refalones y emerge la tierra otra vez desde abajo del río y ha de ser la misma tierra pero emerge llena de árboles, las raíces ahí al borde, tapo desnudas. Montamos las rukas a cierta distancia de la orilla, los ríos de la pampa son de crecidas feroces y silenciosas, se amanece uno tapado de agua nomás si no les conoce los ruidos y las mañas de subir o bajar más o menos entusiasmadas a los ysyry.

Cuando llegamos a la otra orilla, ahí donde la pampa se ahoga, cruzaron algunos nadando, esos que habían elegido a los más australes por ancestros, los que recordarían enseguida la técnica de las canoas. Nadaron desnudos y desde el lado del continente jugamos un campeonato de bolear hachas para voltear los árboles que tuvimos que tirar con pena, con agradecimiento por sus vidas, las vidas que tomamos para hacer balsas: nos fuimos haciendo del agua así, haciéndonos también de la madera. Oscar estuvo entre los que nadaron: sabían de las canoas, pero no sabían nada de las balsas los de los selk'nam. Entendieron la idea enseguida, ah, wampos, dijeron e hicieron balsas pretty much better than ours, darling, le explicaba a Liz. Fueron las primeras, las que usamos para cruzar los bueyes, algunos bueyes, buenos bueyes, los que tiraron de los wampos siguientes, y hay que tirar cuando las patas se te hunden en el barro, hermosos bueyes, mansun queridos, los que cruzaron todo lo que teníamos en las carretas. Aprendieron haciendo y lo que siguió fueron las wampo-rukas: vivimos en casas que se sostienen en el agua, las amarramos con poderosas sogas hechas de cuero, no hay marea que nos inunde, subimos Nosotros con el agua cada vez que sube el río y bajamos cuando baja y a veces baja tanto que terminamos casi hundidos en el barro, carne de mosquitos somos o más bien seríamos si no hubiese ido Liz al pueblo a comprar tules, fue con sus vestidos ingleses, no explicó nada, se limitó a mostrar un pedazo de la tela y a pedir tanta que se quedaron, los argentinos, preguntándose qué podría estar haciendo la gringa; cuando la molestaron demasiado dijo en el peor castellano del que fue capaz algo así como wedding dresses, novia, vestidou, y se quedaron más conformes, imaginando el desembarco de una legión de gringas para casarse con ellos, para mejorar la raza. Entonces a veces amanecemos hundidos en el tuju y otras sobre las copas de los yvyra y donde había islas no hay más que Paraná, ese animal que gusta de vivir en partes, como tiene partes nuestro cuerpo y hay entre ellas un espacio, pero el río a veces gusta de juntarse, de salirse de sí como si hubiera algo fuera de sí, como si no fueran las islas parte de sus entrañas, son parte, y entonces cuando lo recuerda amanecemos sobre los árboles, con los biguás agarrados de los palos de las rukas y los troncos arrancados por la corriente golpeándonos o armando diques y otras veces eso que suele ser el lomo del Paraná nos amanece hecho un jardín, nos dormimos sobre esa oscuridad que reverbera de luna y nos despertamos rodeados de aguapé, unos repollos verdes llenos de flores muy violetas que se recortan con fuerza en ese verde que tal vez sólo el trigo y sólo allá en los prados de Inglaterra, pero más rico: un verde hermoso, vivo, de mil matices, tantos que no alcanza una palabra para contenerlos y empezamos a inventar otras para nombrarlos. Usamos las palabras guaraníes, aky para el color tierno de los brotes, hovy para el casi azul de todo el follaje cuando se acerca la noche, hovyũ para la intensidad de casi todo en verano, y estamos buscando los nombres para el color seco de los juncos que sin embargo están siempre mojados, para el dorso plateado de las hojas de los sauces, para los camalotes y los aguapé que cubren el lomo del Paraná y sus ysyry, para los pastos oscuros que crecen abajo de los árboles, para el ita poty que deja la humedad en todas partes, para las plantas como platos verdes con pequeños flotadores en los tallos y en las raíces, platos fuertes que pueden albergar víboras o pumas porque también ellos viajan por el río y los arroyos sin querer viajar, los baja el Paraná cuando baja con fuerza de ese norte que es de los guaraníes y un poco también nuestro desde que nos llaman Ñande además de Iñchiñ y que vamos a explorar pronto en cuanto terminen las tratativas con ellos, las negociaciones son largas vy'aty que terminan en nuevos parentescos, en un Nosotros engordado. Vamos a subir en wampos, algunos, y por los ysyry: no se le puede ir en contra al Paraná, es un río poderoso, enorme, no se lo puede subir ni bajar cuando no quiere. Hay que seguirle la corriente, hay que ir para donde va. O tomar otro camino, remontar nuestros arroyos; son caminos menos poderosos los ysyry y no los surcan las máquinas de guerra. No se puede hacer la ñorairõ hasta que se está listo. Y nos faltan armas.

La contemplación de los árboles

Nadie trabaja a diario en las Y pa'û: nos turnamos, trabajamos un mes de tres. Ese mes, cuidamos que nuestras vacas no se hundan en el tuju y si se hunden ayudamos todos; hacemos guardia para que no nos sorprendan las mareas, exige un poco de tiempo montar a las vacas sobre los wampos, ponerles pasto y agua ahí arriba, calmarlas hasta que aceptan la quietud necesaria para conservar el equilibrio, subirse ahí con ellas y acariciarlas para que vuelvan a respirar como si estuvieran en un prado lleno de pastizales tiernos. Nuestras plantas también están montadas en wampos: son unas balsas enormes, con paredes de contención y llenas de tierra, no tanta como para que no floten, lo suficiente para que las raíces puedan expandirse. A los que no estamos de turno se nos va el día en la contemplación de los yvyra, no nos cansamos de tirarnos en el suelo a ver los juegos de la luz y la sombra en el vaivén de sus ramas, los bordes orlados de un resplandor que en Inglaterra —Liz ya no es inglesa pero no olvida— sólo se ve en las iglesias en las auras de los santos: nuestras hojas, las de nuestros yvyra, nuestro monte entero, son un prodigio de santidad vegetal.

Si nos despertamos temprano, amanecemos dentro de una nube, la que baja del cielo y se levanta de los ríos y arroyos a la madrugada, la tatatina del Paraná: una nube que no nos deja ver nada más que sus entrañas luminosas y opacas a la vez, una nube imposible, ¿cómo puede algo luminoso ser opaco? En una nube así vive Londres buena parte del año, sólo que la de allá es rosa por el humo de los motores de sus máquinas y la nuestra es blanca como un hueso de Dios Nuestro Señor. La tatatina impone una forma de quietud: apenas si calentamos agua para hacer nuestros mates y nuestros tés, si doramos los choclos para los chicos, nuestros mitã, que suelen saber quiénes son sus padres pero viven con todos, todos los cuidamos y ellos van y vienen de ruka en ruka aunque tengan sus cosas en alguna en especial. Nosotros mismos vivimos también así: yo, en la casa que ya es nuestra con Kauka, pero puedo dormir y amanecer en cualquier otra, donde me sorprenda el cansancio, donde me rinda el sueño por la noche; si no es al lado de mi guerrera puede ser al lado de Liz que me recibe con sus curries y sus cuentos muchas tardes y muchas noches me retiene en su cama, en el de Rosa que les enseña a los mitã a domar caballos a puro don o en el de Fierro, con mis hijos y los suyos y esto de escribir que se nos ha dado: duermo con mis amores yo, vamos con Estreya después de escuchar los cantos, después de los juegos, después de fumar o beber las hierbas que cultivamos porque de eso sí que trabajamos todo el año, de probar su sabor y sus efectos a medida que las vamos mezclando, que les injertamos otras, que creamos nuevas plantas.

Así es como tenemos un floripondio con gusto a narã y mora, los frutales crecen como yuyos en Y pa'û, un té que primero ciega y enseguida te mete en lo más profundo del alma, un té que te lleva al centro del rayo divino y desde ahí te deja ver cómo el mundo entero es un solo animal, nosotros y las hojas de los ypyra y los surubíes y los chajás y las jirafas y los mamboretá y el mburucuyá y el yaguareté y los dragones y el micuré y el camuatí y las montañas y los elefantes y el Paraná e incluso los ferrocarriles ingleses y los campos gigantescos que los argentinos arrasan. Así también tenemos una hierba que se fuma que tiene gusto a sí misma, a su flor dulce y áspera, y también a pan ahumado y a chipá y a mermelada de limón y de narã, la naranja amarga de las islas, una hierba que cura los dolores y le da a nuestros ojos calidez, hace del mundo un lugar amable y de los otros compañeros para compartir las carcajadas, la yerba vy'aty. Tenemos los hongos que hemos ido enriqueciendo con sabores que matizan su amargura: membrillo, tararira, flor de camalote, aguapé, lechuga silvestre y fresca, agua pura del Paraná, merõ, curry. Los hongos son plantas serias, son plantas para comer en ceremonias, nunca a solas porque los hongos son las plantas que el suelo nos regala y de su vientre vienen y en ese tyeguy de la tierra están la vida y la muerte revueltas y juntas haciéndose la una a la otra: con los hongos pueden aparecer los dioses, puede pasar que se estire el cuerpo y uno no se vea la punta de sus pies y mucho menos pueda tocarlos, puede pasar que se rompa la separación que existe entre cada hombre y todos los demás, puede pasar que el diablo meta la cola y caiga uno en el infierno. De los hongos se sale otro, el mismo cambiado, los hongos agregan perspectivas divinas a los hombres y esas perspectivas más allá de la vida y la muerte pueden aterrorizar. O liberar. Es necesaria una machi cerca para tomar los hongos. Tenemos rukas y wampos especiales para comerlos, tenemos machis siempre listas para dirigir los viajes de los visitantes menos expertos. Tenemos, también, una planta que no queremos mucho pero que cuidamos porque la necesitamos: masticamos sus hojas en los tiempos malos, cuando las mareas o las guerras nos obligan a trabajar todo el día y toda la noche. Son los tiempos de los jefes y las jefas, siempre tenemos algunos, también se rotan y mayormente no hacen nada, pero en tiempos de crisis mandan y hay que aguantarlos hasta que pase. Kauka es una de ellos, tiene una división junto con Air, un inglés que se la pasa pescando nada y cantando limericks el resto del tiempo. En mi nación las mujeres tenemos el mismo poder que los hombres. No nos importa el voto porque todos votamos y porque podemos tener tanto jefes como jefas o almas dobles mandando. La misma Fierro, que acá en las islas tomó el nombre de Kurusu —nombre de kuña en guaraní y homenaje al que la hizo hembra, significa, sí, Cruz—, Kurusu Fierro ha sido jefa en tiempos de guerra con los guaraníes, al principio, cuando no querían aceptarnos de vecinos y todavía no habían venido a ninguna de nuestras vy'aty ni habían probado nuestros hongos, marangatú les dicen ellos. Yo misma, que puedo ser mujer y puedo ser varón, he debido dirigir las maniobras de más de una marea bestial y de algunas escaramuzas con los argentinos que temían que no los dejáramos bajar sus granos y sus cueros por nuestro Paraná. Kauka, que es una de nuestros guerreros más valientes y sabios, ha liderado batallas cruentas, de esas que llenan los ysyry de cuerpos que el agua se encarga de expulsar al mar apenas puede porque quiere que sean perlas esos que fueron sus ojos.

Por lo demás, nuestro tiempo es nuestro salvo ese mes de cada estación que nos toca trabajar. En los otros dos, jugamos campeonatos de trepar a los árboles, de lancear dorados cuando vuelan sobre el el río, de hacer muñecos o dioses con juncos trenzados, de contar y cantar historias de amor y de guerra y de remo. Con Rosa y Liz somos los más rápidos: se nos metió en la carne lo de andar juntos por los caminos, por el Paraná y sus ysyry remamos tejidos los tres y así tramados ganamos todos los campeonatos de carreras de wampo cargado de Y pa'û. Casi todas las mañanas entrenamos, cuando no nos toca trabajar y cuando no llueve demasiado pero a veces igual bajo lluvias torrenciales: competimos también en carreras de wampo cargado y mojado. Somos imbatibles y por eso somos los que llevan los animales y las plantas cuando migramos: los tres en la retaguardia, cada uno en su kayak, las rukas en un wampo mínimo a la noche, Rosa calmando a las vacas y los buenos mansun que ya no cargan nada y gozan de la misma vida leve que todos, Iñchiñes también ellos. Oscar y Kauka van al frente, comandan la flota de kayaks tapados de ramas que son la vanguardia de nuestra migración, los que van a ver que no nos esperen sorpresas desagradables. Navegamos lentamente, esperamos que las corrientes nos favorezcan, nos detenemos en las islas cuando encontramos frutales o los dorados y los otros pira saltan con más entusiasmo en el lomo de los arroyos o cuando vemos a las abejas suspendidas en el aire. Nos reunimos con nuestros otros amores, dormimos con ellos esas noches calmas; nos atamos a los troncos más fuertes cuando las tormentas y entre troncos resistimos las correntadas los tres juntos con Estreya acariciando a los animales.

Hay que vernos

Hay que vernos, hay que ver nuestro barquito a vapor, nuestros wampos de vacas, nuestros wampos de rukas, nuestros wampos de caballos, nuestros wampos almácigos, todos ladeados de canoas y kayaks, nuestra nación migrando lentamente por el Paraná y sus ysyry: un pueblo entero avanzando en silencio sobre los ríos limpios, sobre los ríos que respiran la paz de sus subidas y bajadas, de sus peces bigotudos, del tuju pegajoso de sus lechos, nuestros ríos que saben mostrar y ocultar las raíces de los yvyra en los bordes de sus islas, nuestros ríos llenos de flores que flotan en su lomo como escarban los bagres el limo de su fondo, nuestros ríos de pira saltadores, de dorados que emergen con la fuerza enorme de sus cuerpos como si les explotaran de sol a los ríos las entrañas. Hay que vernos, sí, a los Iñchiñ, a los Ñande migrando silenciosamente, remando con amor porque sólo con amor metemos nuestros remos en el cuerpo del Paraná para empujarnos, hay que vernos con nuestras rukas emplumadas agitándose al viento, callados y calmos, con nuestra piel pintada de los animales que también somos, dirigiéndonos hacia el norte. Hay que vernos, pero no nos van a ver. Migramos en otoño por los ríos no navegables para los barcos de los argentinos y los uruguayos. Migramos para no pasar frío, migramos para no estar nunca en el lugar en el que esperan que estemos. Migramos cuando la niebla, la voraz tatatina del Paraná, se traga todo, cuando los amaneceres son de una ceguera blanca y sólo puede discriminarse una cosa de otra por el sonido, en el caso de que sean cosas que hagan ruido: el grave del agua pegándole a la isla, el rítmico de los golpes de unos remos en el río, el agudo de los chillidos y los trinos de las guyra y los ladridos próximos y remotos de todos los perros de la isla y de las otras islas más o menos cercanas. La tatatina indica el inicio del otoño y la hora de moverse y nos preparamos en unos pocos días, en menos de una semana estamos todos subidos a los wampos cubiertos de ramas y con colonias de juncos en cada uno de sus lados largos, simulamos ser monte, ser orilla de Paraná y nos vamos metiendo en esa nube que se come el suelo y el río: van primero las canoas, se hunden en la niebla, después las rukas con la gente y los chicos, más atrás las plantas y al final los animales. Hay que vernos, pero no nos van a ver. Sabemos irnos como si nos tragara la nada: imagínense un pueblo que se esfuma, un pueblo del que pueden ver los colores y las casas y los perros y los vestidos y las vacas y los caballos y se va desvaneciendo como un fantasma: pierden definición sus contornos, brillos sus colores, se funde todo con la nube blanca. Así viajamos.

Agradecimientos

A Ana Laura Pérez.

A Gabriela Borrelli Azara, Mario Castells, Alejandra Zina, Julián López, Selva Almada y Silvana Lacarra.

Índice

PRIMERA PARTE
EL DESIERTO

SEGUNDA PARTE
EL FORTÍN

TERCERA PARTE
TIERRA ADENTRO